(...) "Viveste no avesso,
viajante incessante do inverso.
Isento de ti" (...)
Sophia de Mello Breyner Andresen

Minha gratidão especial aos que, generosamente, emprestaram seu olhar de estreia sobre esses escritos, oferecendo sua voz, em alto e bom som, sua sensibilidade e sua dedicação à esta literatura:

Taís Espírito Santo, Geovana Pires, Juliano Gomes, Margarida Eugênia, Zanandré Avancini, Mônica Patrícia, José Arimathea, Lino Antônio, Geisa Batista, Mariana Nunes, Cida Avancini, Alcione Dias, Ricardo Bravo, Bruna Pires, Fernando Dias, Flávia Oliveira, David Miguel, Vitor Mihenssen, Raquel Corbetta, Creuza Silva, Zezé Polessa, Djamila Ribeiro, Antônio Pitanga, Fabrício Boliveira, Maria Rezende, Márcia do Valle, Camila Pitanga, Valéria Scanferla e Nando Rodrigues.

Dedico esse livro à *Margarida Eugênia*, minha irmã amada, a mais querida professora das vozes que habitam o feminino em seu longo, intenso e incessante corredor de transformações.

(...) *"Escutar-se-ia longe, este meu grito. Afinal, neste lugar, até o silêncio faz eco. Se existe um sítio onde eu possa renascer é aqui onde o mais breve instante me sacia. Eu sou como a savana: ardo para viver."* (...)

Mia Couto.

Elisa Lucinda

Livro do avesso, o pensamento de Edite

Todos os direitos desta publicação são reservados à Editora Malê
Editores: Vagner Amaro & Francisco Jorge

ISBN 978-85-92736-35-4

Capa: Bruno Pimentel
Editoração: Agnaldo Ferreira
Editor: Vagner Amaro
Revisão: Léia Coelho, Taís Espírito Santo e Andrei Ferreira

Texto revisado segundo o novo Acordo Ortográfico da Língua Portuguesa. Proibida a reprodução, no todo, ou em parte, através de quaisquer meios. Dados internacionais de catalogação na publicação (CIP) Vagner Amaro CRB-7/5224

L938l   Lucinda, Elisa
           Livro do avesso: o pensamento de Edite / Elisa Lucinda. -
           Rio de Janeiro: Malê, 2019.
           156 p.; 21 cm
           ISBN 978-85-92736-35-4

           1. Romance brasileiro II. Título

                                                                                                            CDD – B869-3

Índice para catálogo sistemático: Romance brasileiro B869.3

Todos os direitos reservados à Malê Editora e Produtora Cultural Ltda.
Rua Acre, 83/202 - Centro. Rio de Janeiro - RJ. CEP: 20.081-000
www.editoramale.com.br |
contato@editoramale.com.br

(...)
"Se todas as tuas noites fossem minhas
eu te daria, Dionísio, a cada dia,
uma pequena caixa de palavras.
Coisa que me foi dada, sigilosa."
(...)
Hilda Hilst.

1

O sol invadindo a janela do quarto do hotel deste lado do mundo não me encontra entre lençóis nos braços de Morpheu. Não. Acordei cedo antes do amanhecer, e o que a sineta do despertador interrompe é um sono que tinha um sonho dentro. Bonito, barroco, lindo. Era bom o que se via ali. Era satisfação o que se vivia ali, era sépia o que se via ali: eu e umas pessoas, incluindo uma criança que eu amava, brincávamos numa cachoeira farta. E havia parte daquela geografia cenográfica que era feita de lama, uma grande poça em que chafurdávamos felizes. Uma lama limpa, amorosa. Argila de sonho, argila límpida de sonho. Não lembro quem eram as pessoas direito. Sei que as amava, isto era certo. Sentimento de que éramos amigos, quase irmãos, me parece. Talvez um dos atores desse sonho fosse meu namorado. A cara bonita. Lembro que ríamos. Era bom o banho de lama primeiro, depois a lavagem numa cachoeira que era ao lado e não era, era a continuação, como se viesse da mesma lama.

Sei muito bem que tudo é passível de interpretaçao. Mas aqui eu só quero escrever, anotar, relatar meu pensamento e seus caminhos. E isso considerando que sonho também é pensamento.

O despertador me arrancou de uma realidade paralela muito da boa. Quando tocou, cantávamos. A música era de Geraldo Vandré e eu não a cantava desde criança, achando linda e sem a entender direito. Foi canção que aprendi em plena ditadura, pano de fundo de minha infância, sombra tenebrosa que baixou sobre meu país. Não recordava até esse dia em que a reencontrei, brilhante e jovem dentro do sonho. Acordei a cantá-la: "Olha que a vida tão linda se perde em tristezas assim, segue o teu rancho cantando essa tua esperança sem fim, deixe que a tua certeza se faça do povo a canção, pra que teu povo cantando este canto ele não seja em vão. Eu vou levando a minha vida enfim, cantando e canto sim. E não cantava se não fosse assim, levando pra quem me ouvir, certezas e esperanças pra trocar, por dores e tristezas que bem sei, um dia ainda vão findar..."

Um choque de emoção trazer do universo onírico este presente memorial. E concreto. Com letra e melodia. Palpável objeto subjetivo. Uma dádiva, graças aos deuses, às deusas, ou a quem por isso for responsável.

2

Uma vez sonhei que tinha ido à Índia. Nunca havia sonhado isso. Nem acordada. Nunca desejei fazê-lo. Minha mãe queria conhecer a Índia, e eu, que não fazia questão de ir lá, dormindo fui. Passei uma tarde inteira dentro daquele roteiro. Daquele filme. Daquele cheiro, daquele grande mercado, eu focada nos tecidos, andando de tenda em tenda atrás daquelas cores, brilhos, vidrilhos, espécies de bordados em rendas! Cada coisa linda! Comprei muitas cortinas, almofadas, presentes, vestidos, xales, tapetes. Tudo vindo para ser enfeite, agrado e mimo para lares e pessoas amadas quando voltasse à minha casa Brasil. Mas os compromissos daquele novo dia, que hoje é um dia velho, um dia passado já há anos, retiraram-me bruscamente da realidade onírica e acordei sem nada. Deixei minhas compras, minhas sedas, minhas andanças, minhas miçangas, minha tarde inteira, a ligeireza das minhas pernas, tudo ficara retido no sonho. Lá dentro, do lado de lá da vidraça, no inalcançável. Lamentei: quem vai lá buscar minhas coisas?

Porém, naquela vez não. Naquele outro sonho, resgatei do mundo dos mortos de sono aquela música linda de Geraldo Vandré. Ouviu isso? Pude trazer uma música inteira dos porões da memória que me foi revelada no baralho do sonho. Significa que dos sonhos podemos trazer muitos substantivos abstratos. Parece que a alfândega para a realidade de cá não aceita bagagem concreta, nem de seda fininha. Parece que não passa na fresta.

3

Tinha dormido com o coração apertado. Só metade. Fiquei estarrecida quando soube que Lírio não ia mais passar o dia dos namorados comigo. Não gostei da atitude nem aprovei o motivo: tinha que dormir na casa da mãe de santo dele para virar o dia 13 lá, que é de Santo Antônio. Estranhei: que mãe tira o filho do lado do amor no dia dos namorados? Achei autoritário. Tuli, minha colega, disse que isso parece mais "sogra" de santo. Eu não tive coragem de dizer a Lírio, mas não confio em mãe de santo que toma psicotrópico. Isto não deve agradar aos Orixás. Fico quieta porque, se eu falar, é capaz de Lírio achar que eu tô zombando da fé dele, vai dizer que sabe o que é ficar longe do terreiro e não quer repetir a dose. Ele tem razão. Eu também tenho razão. Você sabe que mais de uma pessoa pode ter razão na mesma situação, não sabe? Depende só do lado da porta por onde se olha.

 Ainda bem que acordar com aquela canção na cabeça me fez melhor do que aquela de mim que adormeceu ontem com raiva de Lírio e da ingenuidade dele. Pobre e alto homem. É bonito. É sério, é bom, é metido, é esperto, mas é bobo também. Que nem eu.

4

O que posso fazer? Reflito, reflito, reflito. É o chão da minha cabeça, do meu pensamento que é assim. Igual àquele livro da Viviane, chamado *Pensamento chão*. Será que é isso que ela quis dizer? Às vezes tem pensamento de poeta que é gêmeo um do outro. São que nem aquelas bananas-gêmeas, mas de árvores diferentes, nesse caso. Ai, ai, estava com muita saudade da minha casa. Vinte dias fora, pelo mundo, rodando. Então volto namorando as coisas. Lírio ri de mim, mas ele também fala sozinho e com as coisas. Já disse, não sou eu que sou rococó, é a realidade. Por isso a componho e acompanho. Quando Clarice me disse que tinha se masturbado com um crucifixo, primeiro eu pensei que era mentira, depois, quando virei gente grande de verdade, soube que as freiras é que deram o exemplo. Aí, pensei: meu Deus, como vou fazer se um dia tiver que descrever isso em palavras? Vai parecer que enfeito as coisas demais, que sou uma escrava confessa dos adjetivos.

5

Ontem me peguei rezando por dentro: Ó, Senhor, ó, Pai, me ajude, tende piedade de mim! Era uma súplica com voz de dentro, voz do coração, como dizem os sábios. Imediatamente parece que ouvi outra voz de outro canto de lá deste mesmo dentro a perguntar. Grave, mas quase zombando de mim: "Você acredita em mim?" Fiquei com medo da voz, medo de mim. Devo dizer que a Voz da súplica era minha, mas também era da minha mãe, que talvez repetisse a mãe dela. É uma macacada só. Macacas mamíferas somos todas. Inclusive as macacas brancas, macacas albinas. Existe sim. Bukowski me falou. Quando falo Bukowski, Buko ou Kowski não é o escritor americano não. É um amigo meu que a gente apelidou assim. Ele gosta muito de mulher e de histórias. Gosta também de encher a cara. Mas lê muito e é especialista em macacos, tem especial favoritismo pelos Bonobos, acha que a gente é parente deles, uma tribo cheia de tesão e surubática.

6

Ao ver um anão pela primeira vez, um menino de quatro anos, todo sarará e com olhinhos de bola de gude, me perguntou, observador e inocente: *Aquele é um homem pequeno ou um menino grande?* Respondi com a verdade que eu achei naquela hora: É um homem pequeno, meu bem. Que bonitinho o olhar das criancinhas. Os pequenos seres precisam saber das coisas. A educação da criança e do adulto em direção à autonomia pode ter forte impacto, mas é boa como se fosse um ensaio para a morte. O conjunto das experiências de um limite são pequenos ensaios da morte. Morte... antigamente eu tinha um medo de escrever essa palavra e morrer depois. Depois compreendi que sempre se morrerá depois de se dizer alguma coisa e antes de dizer o que jamais será dito por ela ou ele. Uma coisa é certa, sempre se morre depois da última palavra.

Chega desse assunto, preciso me dar ordens. (Vem, Ditinha, vem.) falo pra minha criaturinha, a menina que mora em mim. (Vem escrever o dia, ele acabou de acabar.) E assim foi: acordei meio nauseabunda sem saber que seria a primeira vez que escreveria esta palavra. Chorei, chorei muito, por dentro uma tristeza, nem vou conseguir contar agora, depois volto a esse assunto. É, há sempre em todo ser a memória de um desamparo.

7

Bruno me falou que a bucetinha de Vanessa não é do formato que ele gosta e ainda me perguntou com aqueles olhos de jabuticaba:

– Você me entende, não me entende, Cigana?

– Entendo. Mas, há um padrão de xoxota? Pensa aí.

– É, há, mas não quando penso em todas assim, enfileiradas, sabe? Todas que gostei... Acontece, Cigana, que o segredo dela é o bico do peito esquerdo. É demais! Parece que é ali que liga ela. Ô, mulher!

Bruno me fala essas coisas, é meu amigo, pra ele eu sou homem. Me fala essas coisas e eu, como gosto de saber, escuto. E provoco. Me olha castanho, às vezes, depois que falo minhas filosofias, e me pergunta:

– É mesmo, Bruxinha?

Escurinha, Cigana, Bruxinha, Morena, Lili, Coisinha, Gostosuda, Bonequinha, Neguinha e Esmeralda são alguns dos nomes que eu tenho, mas meu nome mesmo é Edite.

O pessoal pegou a falar que era Dite e aí ficou.

8

Meu namorado perguntou meu nome logo na primeira vez que nos vimos lá naquela montanha, naquele pé de serra na noite fria. O forró rolando, outra turma no jongo. Depois ficou só a pequena galera fumando maconha e tocando Beto Guedes. Porra, o violão do Nico é muito bom! O Nico é um gênio. Sabia que o nome dele é Nicolino? O pai chamava Nicolau e a mãe Lina. Eu gosto de Nicolino. Mas ele preferiu Nico Lops. Assim, sem o e, que a numeróloga tirou. O violão dele é que não tem nome de tão lindo. No meio daquela altura fria, a cachacinha quente, eu meio tontinha, ouvi Lírio dizer no meu ouvido:

– Como é seu nome, princesa?

– Dite. Edite. Dite...

– Posso te chamar de Afrodite?

Estremeci quando ele falou aquilo. Gostava dele havia muito tempo. Desde aquela vez.

9

Ninguém acredita, mas o mundo é alucinante. Existe um ver que é alucinógeno. Vou contar um segredo e você não pode rir de mim: Estava na praia e vi a areia respirar. A terra. Caralho! Verdade. Vi a areia pulsando como o peito de um mundo a respirar. É um portal da terra. Vejo. Depois que a gente atravessa e vê, nunca mais deixa de ver. Por isso a vida pulsa em mim. Sou escolhida e vítima de uma oportunidade que logo se transforma em condenação. Por isso escrevo.

10

Toda vez que passo na porta do Hospital Santa Mônica meu coração bate assim: minha mãe morreu, minha mãe morreu aqui, minha mãe morreu, minha mãe morreu aqui. (Ai Edite, Edite, isso já faz vinte anos, você parece que não cresceu!). Às vezes a Voz fala comigo. Ralha, mima e depois me bota pra dormir.

11

Faz frio. Muito. É gelado o ar, a gente vê a satisfação das flores acostumadas à baixas temperaturas. Estou saboreando uma truta ao pirê de baroa. O sal que a gente mói no prato aqui é do Himalaia e é rosa champagne, sabe? O do jantar de ontem era azul, uma pedra azulada que a gente ralava no prato. Eta pousada chique, sô. Mas sem desconsertar ninguém. É o requinte do simples. Se morasse no Himalaia, não ia achar nada demais no meu sal! A dona do lugar tem pensamento sustentável. Lençóis e fronhas e toalhas, tudo seca numa estufa para plantas. Ela adaptou para uma grande e poderosa ecológica secadora. Aplaudo em silêncio. A lua é cheia, o vinho é bom. Estou de luvas em que alturas? Você pode adivinhar? Estou nas montanhas do Espírito Santo! Alguém sabe lá o que é isso? Uma exuberância que o rio Jucu corta e banha, e o rio Doce mela ilumina. (Ah, Dite, Dite, por que você é assim? Só vive anotando a vida. É uma compulsão? Isso não é normal. Se for escrever tudo o que pensa, que horas você vai viver? Vem cá, vem. Ditinha quer dormir? Mamãe bota para.) Assim é que me trato. Me mimo, sabe? Merly, a terapeuta, disse que, depois que a gente cresce é a gente quem tem que cuidar da criança da gente. Ela falou que o outro pode até ajudar, mas não é serviço dele. Fica puxado demais às vezes. E tem mais, não adianta chegar com a criança da gente no colo e ir entregando para o outro cuidar, porque o outro está ocupado com a dele. Ninguém quer ser dono de creche de criança do passado de quem já cresceu. É mole uma creche dessas?!

12

Ontem não aguentei. Olhei pra ele e falei: Você me desperdiça, não me aproveita. Enche de ausência nosso amor. Não quero mais, pra mim é pouco. Então eu vou ficar com você mas vou dormir com outros homens também, tá? Você não dá conta sozinho do serviço. Paciência. Tô na pista! Você está me ouvindo?

Claro que ele não está me ouvindo, não sou doida de falar isso na cara dele. Se eu falar ele vai embora. Não quero que ele vá embora assim, por ele. Só quando eu mandar. Ai, por que pensei isso? Devia ter uma caixinha no canto da gente só para pensamento feio, aí nem eu ia saber deles. Ainda bem que a Voz não está me escutando. Onde será que ela fica quando ela não está aqui? Eu hein, vou sair, estou com medo de mim.

13

Horizontina é assim, uma moça, uma fada que me visita nas asas do cotidiano. Gosto especialmente dela e ela gosta muito de voar. Às vezes está conversando assim com a gente e desaparece, vai pra longe. Lá onde só ela pode alcançar. Fica aquela mulher na minha frente, um olhar vazado, corpo presente. Voa, voa e volta pra sua presença. É minha mãe, minha filha. A gente ri junto, brinca de falar poesia de outra língua que a gente não conhece e ficamos inventando sentido. Mas não é só poesia não; a maioria é livro didático que eu trago das viagens e a gente fica adulterando só pra sacanear. Mas no fundo a educação do mundo me interessa muito. Me interessa saber como se pensa o ensinamento do homem sobre si mesmo. Horizontina tem cada ideia de jerico, e eu a responsabilizo por muita coisa que faço por impulso, sabe? Depois volto a falar de Horizontina. Agora tenho vontade de contar sobre aquele dia triste sobre o qual eu ia escrever, lembra? Uma dor de cabeça... Foi um dia em que tive um choque de realidade e uma crente filha da puta me chamou de "fora da realidade". Aquilo me bateu. Era verdade. Na minha realidade eu custo a crer na falta de caráter e também no fim dos ciclos, mesmo quando desabam e estão insustentáveis daquele jeito, daquele ponto passível de transformação. Igual a um bom doce de banana em calda feito em casa tudo tem seu ponto certo. O vórtice. Sei disso. Mas parece que não aprendo, demoro a ver o fim. É a esperança que me cega. Me ilude. Deve ser por isso que durmo bem. Claro, não tenho juízo!

14

Fui sair do quarto pronta como uma rainha, Bukowski ligou dizendo que estava chegando e me queria bonita. Kowski cuida de mim e me viu vestindo a calcinha pela porta aberta da sala que tem a mira reta do fundo do corredor onde dá o meu quarto. Onde eu também dou. O Buko é doido. Por isso somos amigos, apareceu num rompante, dizendo que queria um depoimento meu num filme e que era preu me pentear com cabelo em torre. Nem pensei nas Torres Gêmeas, nem na Torre da carta do Tarô. Seria meu dia delas? O dia dos atentados e dos desabamentos? O barulho que eu parecia ouvir era o anúncio da demolição? Li num livro que é melhor se vestir bem em um dia ruim. Obedeci. Meu coração estava um menor abandonado, precisado da besteira de um crepe Georgete, uma viscose macia por cima da pele aliviando espinhos. Meu coração estava roto. O dia todo dando errado de um lado, e era o meu lado, parecia. Então, me vesti como quem se fantasia de um bem-estar, por fora. Pra ver se o de dentro copia. Sim, porque hoje um vestidinho ruinzinho e mal cortado, pode acabar comigo. Pode me espetar. Soltar meu único dedo que me mantinha segura à marquise. Quanto melhor o estado do espírito mais molinha, mais velhinha, mais de algodão e sem ouro pode ser a roupa, e adoro uma liquidação. Sou fraca para roupa boa e barata e não ligo para grife. Mas hoje não dou conta não. Hoje vou me enfeitar porque o espírito é aquele mendigo da praça de minha alma que costumo fingir que não vejo. Não tenho dinheiro, não faço planejamento. Dinheiro vem, mas não fico segurando ele, sei lá. No meio do meu pensamento o Ministro da Fazenda grita na televisão que ele também não está ali para fazer previsões. Estamos perdidos. Achei que o Ministro da Fazenda fazia. O certo é que Buko me salvou. Me convocou a dar uma volta aqui no real. E aí vim. Passei o dia todo dentro da roupa bonita que ele me pediu e dentro dela vivi meu dia duro. Havia nele, neste dia, a certeza de uma espécie de fim. Medo. Um precipício. Uma premonição. E eu andando trôpega dentro do palácio. Palácio é o nome do meu vestido.

15

A vida é doida mesmo, não precisa usar nada. Quando Evelize me contou do primeiro dia que deram maconha pra ela fumar, ri muito da história. Parecia ficção. Que ela ficou sentada na praça e Mariano, o amigo doidão, que era uma biba que tomava Mequalon, um remédio que pirava, perguntou depois de fumar o baseado com ela:

– Já bateu, Evelize?

– Ah, isso não bate nada, não faz efeito, que besteira, falam tanto.

– Tchau, então, fica aí, só no saião florido!

De dentro de sua saia rodada de retalhos, Lize me confiou que começou a achar a vida subitamente muito nítida. Poxa, pensou, estou enxergando muito bem, daqui do auge dos meus 19 anos! Com a boca seca deu muita vontade de chupar pastilhas Garoto de hortelã. Podia antecipar o gosto só de imaginar. Viu uma loja, um bar, no centro da cidade com balcão cheio de fileiras e mais fileiras verdes das pastilhas de hortelã, em pequenas barrinhas empilhadas. Evelize foi até o balcão, uma mulher a atende:

– Pois não, menina?

– Quero uma, não, duas pastilhas Garoto. Essa aqui, ó, de hortelã.

– Hahahahahaha

– A senhora está rindo de mim?

– Hahahahahaha, querida, aqui só vendemos móveis, isto é um balcão vazio.

Era mesmo, Evelize me disse, me contou na época apavorada:

– Esta porra de maconha é alucinógena, Dite, só pode! Pirei: eu vi as pastilhas, Dite, juro!

Era verdade, mas era mentira, porque a realidade de quem toma qualquer coisa e a realidade de quem não toma nada são diferentes mesmo. Bêbados ou não, o que vemos é o que somos, como diz Fernando Pessoa. Nossa realidade se mistura aos nossos desejos e às primeiras impressões que a gente teve de cada assunto, se misturam, com as questões emocionais que nos ligam aos temas, e tudo isso esculpe uma realidade particular para cada olho que a vê. Evelize era engraçada, dramática, divertida. Por onde andará, ó mundo dragador?

16

Tô sentindo uma coisa na minha cabeça. Uma intuição. Tem uma coisa que às vezes me encasqueta. Uma certa desconfiança. Se eu descobrir que ele está me chifrando, a coisa vai feder. Sei que chifre não existe. É besteira. É só uma coisa que botaram na minha cabeça. Falo assim porque não é o combinado entre nós. O casal é que combina as regras do seu jogo. Não são primeiramente sociais. São primeiramente íntimas. Se o outro está tendo outros casos, liberou, é sinal de que a gente pode ter também. Infidelidade se não for epidemia é uma coisa da natureza humana. Não é possível, até seu Arlindo, da minha infância, tinha amante. A humanidade inventa a fidelidade e não consegue cumprir. Já reparou? Acho que não conheço ninguém que não tenha ou botado, ou tomado ou os dois. Por isso é bom combinar pra entender os direitos muito bem. Aí tudo vira empate, não tem algoz, não tem refém.

17

Queria falar uma coisa de Horizontina, ela pertence à uma intersecção entre a realidade e a ficção. Com ela já atravessei três portais, um dia conto. Com capacidade incrível pra ficar invisível, Horizontina tem passagem certa, milhagens acumuladas para brincar na linha do horizonte. Vai pra lá. É minha cúmplice, meu brinquedo, meu anjo da guarda, lê meu pensamento. Até que tô bonitinha. Agora preciso ir lá no parque, o parque verde do meu pensamento onde mora o ninho de todos os meus movimentos. Quero sair daqui. Chove lá fora. Enrodilhada não choro. Estou no colo de mim.

18

Ditinha tinha uma florzinha verde entre um verde cor de folha e bandeira. A florzinha bem feitinha era uma rosa de pano esperando uma roupinha em que pudesse ser aplicada. Aguardava uma oportunidade. Não é que o Lírio deu? Sem saber, ele deu. Êta vida organizada em coincidências, veem-se em tudo os dedos hábeis do acaso. Pois é, hoje, nesse domingo cinza, navego dentro de um short florido com hibiscos azuis e laranja, entre folhas verdes, e a tal blusa verde 3x4 na manga que Lírio me deu e que agora já está com a florzinha aplicada nela. Ficou uma graça, entre os seios. No vértice do V. Bom de V.

No domingo em que nasci tinha muita missa. De hora em hora. Muita missa mesmo. E tinha público, casa cheia. Havia mais pecado? Quem vai saber? Lembro de dona Helena com a bunda levantada pra trás, pegando coentrinho e salsa na horta da igreja, eu sempre pensava se o padre entrava ali atrás. O fato é que acho o sexo uma virtude. O pessoal precisa respeitar mais seu andar de baixo, valorizar o da cintura para baixo, nao ficar essa dicotomia, em cima solidão, embaixo aflição. Sou a favor da integração dos nossos hemisférios.

19

Gosto de Lírio. De Lírio trago muitos momentos bons. Ele balança meu galho na hora da coisa, sabe? Mas eu queria que ele tivesse um caderno desses e, que me mostrasse agora preu saber o que ele entende dos mistérios dele, do ponto de vista dele. A princípio ele não é de fácil decifração, dá trabalho, mas me atrai. Quando pela primeira vez me chamou bem assim, "*Minha vida*", fiquei doidinha por dentro. Gosto quando o Lírio fala assim. Quando não é só da boca pra fora. É calado e fala muito da boca pra dentro. E às vezes se perde. Porque às vezes ele solta o discurso da boca, feito cavalo sem cela, e deixa o bicho correndo solto, fazendo umas associações livres. Escuto e fico só olhando. Vejo o discurso descarrilhar. Fico sem graça de ficar pontuando, organizando, tentando mexer na edição da narrativa alheia. Tenho esse direito? Cada um campeia sua manada de verbos a seu modo. E eu fico vendo tudo. Não falo nada, e tenho que assistir, às vezes, o trem dele descarrilhando sozinho. Eu sabia que ia acontecer. Mas fico com pena. E sem jeito de falar. Depois ele vai pro jardim, se mimetiza entre avencas e samambaias, se concentra na fumaça que faz e, lá, pelo olhar que vejo, parece que ele vê uma cordilheira. Lírio é um homem que gosta de ficar quieto no seu canto por uns tempos. (Ai, ai, deixa os outros, Ditinha, que besteira! O que é que você tem com isso? Vai cuidar da sua vida! Me diz, Ditinha, sua vida está certa? Pare de reparar na vida dos outros!)

20

Ouço essas vozes, ralham desde longe comigo, acho que é o eco da infância. Da minha vó herdei uma voz que escuto e que ainda briga comigo. Da minha mãe herdei vozes que escuto, atendo e canto. E fofoco também. Quando Clarice ficou falando que estava viciada no crucifixo e que tudo começava na reza, achei muito estranho. Achei perverso. E a freira Violeta descobriu tudo porque percebeu que o crucifixo do quarto da Clarice não estava na mesma posição. Estava meio torto, desalinhado com a cabeceira, como se colocado às pressas de volta na parede. Irmã Violeta foi consertar e sentiu o cheiro de buceta que vinha dele. Ah, pra quê? Irmã Violeta saiu de si e foi o fim da carreira de Clarice ali dentro. Que eu esqueci de dizer, isso tudo era no convento, Clarice era noviça, novata e não queria ser freira, estava só desiludida de amor e concordou quando o pai sugeriu. Achou que ia ser bom fugir para os braços do Senhor, mas eu sempre achei que Clarice tinha fogo demais para ser santa. Só sei que se irmã Violeta sentiu o cheiro do crucifixo é de se concluir que ela conhecia o método. Afinal, ela também foi noviça e talvez um dia tivesse pedido a Deus que isso não fosse pecado. Tadinha. Quando ela chegar ao céu e descobrir que não era pecado, vai ficar puta. Penso essas coisas no meio do dia. Mas isso é aqui, é pra dentro. Escrito nas costas do meu papel de pão. É manhã nova. Escuto-a. O pão sou eu.

21

Acordei com uma birra dos laboratórios. Terei sonhado? Acordei e era verdade que eles oferecem aos médicos uns benefícios para viciar as pessoas em suas substâncias. E diz que tem meta, minha filha! Se o médico consegue trinta fregueses num mês para um calmante ou um repositor hormonal ou emagrecedor, ele ganha férias nuns *resorts* chiques com a família e até carro, eu já ouvi dizer. Dependendo, né? Parecem traficantes, primeiro dão a amostra grátis, depois vão só administrando a dependência. Tem muito médico que, por ganhar mal e não ter pensamento coletivo ético, se prostitui assim e vira um *dealer* das drogarias, um mero representante de remédio. O paciente que se foda, que se lixe, como elegantemente dizia minha mãe. Pouca vergonha. É que não tô com vontade agora, mas um dia conto o que é que acho da saúde aqui no meu país. Esse jeito de cuidar dos outros feito gado, dando o mesmo remédio como ração a tantos tipos diferentes, com históricos que podem dar errado se misturados a tais químicas... Hum, não sei não! Eu vi uma drogaria com luminosos brilhantes, um velhinho tremendo e pálido na frente dela. Parecia filme de ficção científica. Fiquei com medo do mundo. Não quero pensar muito nisso, senão amanhã perco a coragem para tomar a segunda dose da vacina contra tétano. Pra se ter uma ideia de como ela dói, quando fui tomar a primeira dose, a enfermeira com cara de nazista alemã me perguntou:

– Quando foi a última vez que você tomou?
– Não me lembro.
– Então não tomou, porque é uma dor que a gente não esquece.
Fiquei com medo dela, deixei o medo da injeção de lado. Mudei de medo.

22

No meio da rua parece que senti o hálito do Lírio, gostoso, cheiro de mato bom na minha cara: Minha Afro Dite. Nossa, agora que ele separou as palavras é que reparei. Mesmo sendo egípcia e, portanto, africana, ninguém associa Afrodite ao negro, à África, ao afro. Incrível. Estou sempre levando rasteira ou ensinamento dos sentidos. (E rasteira de mim também, sua doida: Afrodite é grega). Pausa. Alguém te perguntou alguma coisa, alguém te chamou aqui, Dona Voz? A deusa é minha e escrevo o que eu quiser. Mas o que me importa mesmo agora é o que eu sou. A Afro Dite dele.

23

Magrinho e Mandela são dois amigos e uma dupla. Magrinho é meu amigo há muito tempo. pretinho, bonitinho e imita Tetê Espíndola no falsete. É bonitinho demais o som fininho saindo dele que é fininho também. Magrinho: mentiroso. Mentiroso não, ficcionista. Sempre inventando história para enrolar a gente. Lá em casa ele já fez de tudo: armário, pintura, aquecedores, lustres, enfeites. É danado. Quando chegou e me apresentou o Mandela, aquele amigo dele, falei:

– É, Mandela, Magrinho não presta, mas eu amo ele. Não sei como é que você aguenta.

Mandela respondeu:

– É, mas eu aguento. Aí Magrinho atropelou: eu é que aguento ele.

Aí eu perguntei: Por que, é ele que fica por cima Magrinho? Danamos todo mundo a rir, um monte de preto. Parecia um quilombo, um quilombinho. O início de um. Depois de consertar os encanamentos ele passou na cozinha, eu mexendo na panela digo:

– Ó, Magrinho, você me conhece, você sabe que não é do meu feitio mas hoje eu tô dando sopa.

Ele começou a rir e disse:

– Não tem problema não, para resolver o serviço também tive que apertar uma ruela.

Incrível, por que o ser humano tem essa fixação pela sacanagem? Eu então! Tudo eu maldo. Às vezes o assunto é sério, me vem aquela besteira, atravessando no meio do fluxo da estrada de terra batida do meu pensamento feito um gambá surpreendendo os viajantes na estrada. (Edite, você não tem uma roupa pra bater no tanque não, minha filha? Uns lençóis para lavar? Uma mancha de uma cortina para tirar? Será o Benedito que esse espírito não descansa, meu Deus? Dá um serviço pra ela que num instantinho essa escreveção passa. Não tá vendo logo que isso não é normal?)

24

Quando morava no Joá, não teve diferença nenhuma da Vila Isabel porque sempre acontece de eu ter um admirador que é da redondeza. O vizinho da cobertura era doido por mim. Casado. E chifrava a esposa, hein?! Bonita, e minha vizinha também, é claro. Mas ele não me olhava quando estava bom não. Só quando bebia um pouco. Disparava, soltava o tarado lá dele, sei lá. Um dia me encontrou na cabeça da rua. Era noite. Noite nova, começo da noite. E ele voltando todo bêbado já, discretamente cambaleante. Senti os passos atrás de mim:

– É, Ditinha, que bagagem, hein?

– Tudo bem, doutor Cosme?

– Tu me enlouquece, mas sou um condenado, né? O casado é um prisioneiro! O casado é um filho da puta de um prisioneiro. Um presidiário da algema do amor!

E começou a chorar. Fiquei com pena dele. Nem deixei ele saber que, mesmo que fosse solteiro, eu não casava com ele nada. Um dia a lavanderia trocou nossas encomendas, nossas trouxas e eu vi, tudo dele é do Fluminense! Chega a enjoar. Cueca, camiseta, mochila, uma camisa de bater, gravata, tipoia, meia. Tudo temático. Um homem só menino. Sem aquilo que faz a gente querer ele macho. O menino do homem deve só enfeitar ele, mas não pode dominar, se não fica chato para viver no mundo adulto com uma fêmea ao lado que mãe dele não quer ser. Doutor Cosme andando meio torto. A tarde ardendo no Joá. Tudo podia ser sertão. E eu muito calma para desesperar. Foi sentindo a vida que saí rebolando e deixei doutor Cosme com a história dele pra lá. Achei que me preocupo mais com ele, do que ele com ele. Não está nem aí. Ih, quer saber? Ele nem me pegava nada. Coitado do doutor Cosme. A gente vê, é sem energia, deve demorar a incendiar. Eu sou só a sua fantasia, que precisa existir agora, para amanhã ele nem lembrar. É fantasia de gente que vive dentro da cadeia. Um jeito colorido de preso sonhar.

25

Contei a história do doutor Cosme para Josefine e ela me criticou com aquele nariz branco e fino dela.

– É, Edite, mas pra doutor Cosme mexer com você, cê só podia estar com aquele shortinho. Aquele seu shortinho beira-cu que você gosta, Dite. Tava, não tava?

Fiquei em silêncio, me deu uma raiva dela. Mas uma raiva para além das cores, pra lá das etnias, não era uma coisa preta com raiva da coisa branca, não. Me deu raiva da cara dela azeda me olhando. Com aquele olhar de reprovação.

– Cê besta, Zefine, eu estava de saia comprida até o chão.
– Mas transparente, né?

E danou a rir. Josefine é linda, parece aquelas atrizes dos anos 20. Tem uma cara incrível de santa, mas sempre foi muito fogosa. E os homens gostam dela. Parece uma delicada Nossa Senhora. Mas é safada. Josefine Del Mar. Cantora de Ópera, viveu muito tempo na Espanha e aqui continua a cantar. Josefine é uma estrela erudita, mas nunca prestou. Gosto demais dela. Somos como irmãs. Ela é branca, mas você precisa ver, é uma pessoa maravilhosa!

26

— Dóris, meu bem, raspa essa mandioca pra mim? Quero fazer uma sopa de aipim "dirritido", pra quando a tarde cair.

"Dirritido"? Não sei por que falei assim. Quem o terá feito? Nenhum antepassado o dissera. Quem sabe uma cena de um livro, um teatro que vi, um sotaque de uma novela? Ou uma voz ouvida no beco vindo de uma janela por onde só se ouve e não se vê o dono da voz? A culpa é toda dos sentidos. Trazem tantas informações que gente como eu se atrapalha toda. O certo é que falei "dirritido" e gostei. Nisso, Dóris já raspou uma mandioca inteira grande e ri sozinha com seus pensamentos.

— Tá pensando em quê, Dóris?

— Na safadeza dos sonsos.

— Como assim?

— Sei lá, deve ter muita gente que senta na mandioca quieto. Mandioca não fala. E crua não amolece.

Rimos, fiquei vendo ela: as pernas grossas, cheias de varizes, as pernas entreabertas, a mandioca no meio com a bacia d'água. Pernas abertas, pernas entreabertas, como faz sucesso esse negócio! É concorrida a aberturinha por onde a humanidade entra e sai. Dóris, decidida, vai botar a mandioca no forno e eu a observo. Uma vez queimou a mala do marido com as roupas dentro, em frente à casa, na rua, nervosa, pra todo mundo ver. Que marido dela não dá mais dinheiro para evangélico enquanto ela vivesse, que de agora em diante o dízimo era pra tudo, pra cerveja e steinhäger que ela gostava para apimentar a coisa. Dóris tinha também um homem, o Cartola, na rua dos Inválidos, que a aconselhava a largar esse candidato a pastor, esse babaca do Ramiro e ir morar com ele num sobrado próprio sem ter nunca mais que trabalhar, cozinhar e arrumar a casa dos outros, como Dóris fazia na minha. Mas ela não quer o homem da rua dos Inválidos:

– Eu só não largo Ramiro para ficar com Cartola, Edite, porque Cartola é homem que a gente enjoa. É bobo demais. A gente dá um cuzinho à toa, um cuzinho de nada pra ele, e ganha ferro de passar novo e ganha liquidificador, se for esperta monta a casa toda. Já pensou? Um cuzinho só num dia, um monte de presente o mês todo! Mas assim como ele faz comigo, outra usa ele também. Cartola é doido com cu.

27

Pela terceira vez fui visitar Danúbia Góis no hospital. Que coisa. Ela rindo, mesmo no CTI, segurando com a mão o respirador artificial, e me respondendo:

– Eu tô boa, quem tá puto comigo é o plano de saúde, tô saindo cara para eles! Foda-se! Quando a gente tá com saúde eles enchem o cu de dinheiro.

Eu gosto de Danúbia, é minha amiga de verdade, nunca me faltou, não posso faltar à ela. Deus me livre. Muito menos nessa hora. Ela é a pessoa que mais entende de música no Brasil, eu acho. Nunca houve nem haverá cavaquinista melhor do que ela. Também manda muito bem no piano. Às vezes eu a chamo de Jobina Góis. É escafandrista de talentos. Descobre pérolas. Sem ela a música popular brasileira seria muito pobre, desprovida de diamantes que Danúbia trouxe, descobriu.

Agora, passando pelos oito pacientes que estão nos leitos até chegar ao dela, a imagem é da luta, da guerra pela vida. Ela é a melhor da ala, Graças a Deus. Que merda pensar isso. Tudo é uma questão de lugar. Como agora não estou no lugar de nenhum dos filhos de outros doentes e nem sou seus parentes, dou graças a Deus que Danúbia esteja em bom estado porque é minha amiga. Que feio. Eu tenho medo de uma hora dessa abrir uma portinha sob os meus pés e eu cair direto no inferno. Já pedi a Deus para não deixar acontecer isso, que no fundo eu sou boa. Deus falou que vai pensar. Ainda bem que a Voz não está por perto, mas do jeito que é bisbilhoteira pode muito bem estar me escutando. Homens e mulheres entubados, ligados a milhões de aparelhos. Danúbia chama tudo de alegria. O carnaval da sonda, do soro, das agulhas. "Ajeita essa alegoria de mão aqui pra mim!", ela ordena, apontando para a mangueirinha e o soro. Os outros pacientes não têm visitas. Os que ainda podem giram seus olhos que se movimentam em direção ao rumor dos passos no corredor, na esperança de que seja alguém que os ame, que com eles se importe, que conte com eles nesse mundo, que não pule eles. É isso. Quando a gente se fode, geralmente é quando a humanidade pula a gente na hora de contar. Não conta com a gente. E se nessa hora Deus pela gente também não se interessar, a coisa fica sem saída. Quem seriam os familiares que não foram naquele domingo ver o seu enfermo como estava indo eu ver a Danúbia? E se fosse aquele o último dia deles? Paciência. O que foi, foi. Não lhes terá havido despedida especial, nada. A despedida foi mesmo aquela briga há dez anos, no Natal, lá em Pato Branco. A despedida foi aquele beijo frio, rancoroso, no dia do aniversário da caçula, ou da neta caçula desse avô que está morrendo sem a conhecer direito. Axé, meu Pai Ogum, salve sua força! Que felicidade não ver na cara da Danúbia a cara da morte. Mas se não morri, como é que eu sei? É que Danúbia não tava com cara de morrer não. (E como é que você sabe que ela não estava com cara de morrer? Já morreu alguma vez? Já viu alguém morrer?). Olha aqui, Dona Voz, é que a gente sabe essas coisas, não carece de aprender; a gente é bicho, a gente sente. E eu não vou te dar atenção não para eu não perder o rumo do meu pensamento. Agora eu só vou falar com quem tem corpo, tá?

    Danúbia estava com olhos muito inquietos. Embora tristes, cansados de dor, estavam ávidos de viver. E isso é um aliado que pode reverter a medicina e potencializá-la para mais e mais e mais. A força gera o inexplicável. No popular, chamamos de milagre. Eu sei que amanhã mais tardar na quarta ela já está de volta ao quarto e depois aos concertos, ao mundo do samba que ela ilumina com sua presença fulminante, sincera e maravilhosa. Eu sou essa boba que escrevo olhando para o abacateiro, pensando em cultivar gente pra ir me visitar no hospital se um dia eu ficar doente. Não é assim que funciona, de propósito. Quero dizer que o afeto é uma espécie de pátria, um ar sobressalente que a gente constrói quando parece que vai faltar fôlego para continuar a viver. Ó, gente, não leva a sério essas coisas que eu falo aqui não. Parece que é muita falta do que fazer, não é? Mas não é não. Cuido das coisas de dentro, dessas aqui, poeira do meu pensamento. É o que falo, eu não paro.

28

Que nem a Tiririca. Lembro dela. Uma sarará, boné para trás, cheia de sarda, os olhinho apertadin, o nariz também miúdo, vestida de menino. Jogava um futebol! A mãe dela não se conformava. Dona Mariazinha achava que tinha que ter um jeito de tirar aquela inclinação da filha. Mas Tiririca era envolvente porque era uma menina muito atenciosa. Prestativa, era uma espécie de faz tudo na casa dela e na dos outros. Com 13, 14 já gostava de trepar no telhado para arrumar a antena. Dona Mariazinha, enfim, conseguiu uma consulta com a mãe de santo lá de Caldas Novas. Não é fácil de achar por lá, eles falam. Neide de Iemanjá recebeu a menina. Era uma matrona, dona Neide. Ela mesma tinha oito filhos de barriga, e ainda criava três. Se apiedou de Tiririca. Viu que o assunto era sério e que precisava recolhê-la no roncó; a ialorixá ia puxar uma gira forte para a falange toda se apresentar. Passou uma semana, Tiririca dormida num quartinho lá. Mistério. E ninguém podia ver. Todo mundo já falava que ela voltava de lá "boa, boa. Esquecida desse mau costume de se esfregar em mulher. Curada", eles falavam. Disseram que viram de madrugada as duas fugindo no carro do filho da mãe de santo. Uma paixão pegou essas mulheres. O conversê foi tanto que teve gente confundindo, achando que aquilo podia acabar com a fé do terreiro. Que bobagem, aliás, terreiro não afasta ninguém da própria natureza. Não sei porque isso se deu. Mas acabei entendendo tudo: Mãe Neide e Tiririca se apaixonaram, são humanas! É assim. E o terreiro é o terreiro com seus orixás, sua força. Uma coisa não tem nada a ver com a outra. A paixão vai continuar paixão. E o terreiro vai continuar terreiro. Né?

29

Achei, sem querer, minha carteira de identidade, por acaso, junto ao controle da garagem dentro de uma bolsa de palha. Nunca tinha visto a identidade e o controle juntos. Como estou tomando um choque de realidade aqui dentro da minha alma, a existencialidade resolveu assumir de vez seu papel de nebulosa do real e estou perdida neste momento. Piração. Reflexão. Dentro da cabeça boto o mundo de cabeça pra baixo. Coitado do ser humano. Pobre bicho que pensa e é. Resumo: pus os dois objetos na outra bolsa que uso agora, não de palha. E tentei inutilmente abrir a garagem pressionando a identidade ao invés do controle. Fiquei apertando ela na direção do portão. Que doida! Chega, enchi de mim.

30

  Toca na tarde o sino da igreja Santa Margarida. Em criança, nasceu à beira da minha infância, uma menina pretinha, bonitinha demais, olhos de jabuticaba prontos para ver. Querendo ver. A mãe foi logo botando o nome de Margarida. Não pestanejou. Ficou delicado aquele nome grande sustentando a menininha flor feito uma haste.

  Ô, meu Deus, por que o sino da igreja e esta pouca luz das ruas de hoje estremecem tanto meu peito? Uma saudade que sem remédio vai gritando soberana no peito. Batendo a mãozinha sobre o coração. No lugar do meu, trago só um susto alongado. Quem terá me deixado seguir assim? Eu não estava pronta. Quem terá deixado esta criança chegar sozinha ao futuro? É uma órfã!

31

O pior é que fui eu mesma que disse a Vicente:

– Não me ligue mais. Sou comprometida e meu namorado não vai gostar de saber que você me liga assim com essas... essas... respirações.

– Ah, deixa de ser boba, Ditinha, ele não vai saber. O playboy perdeu.

– Ô, Vicente, parece que você não sente! Homem fala essas coisas, quer ficar por cima. Coisa boba. Vê se pode, nem tudo é guerra, nem tudo é duelo. Mas eis que escuto uma voz que não foi chamada e entra na conversa.

– (Ah, corta essa, Ditinha, que tu não tá com essa bola toda não. Até parece que toda hora tem homem atrás de você!!. Deixa de inventar amores, mulé, vá caçar um trabalho.)

Até então eu achava que isso era trabalho, anotar a vida. Pensa que é fácil? Mas, em caso de ser mesmo trabalho, por que terei ouvido a Voz intrusa? Aí parei. Fiquei com a mão muda. Ainda bem que Vicente não existe, e a história que a Voz atrapalhou de eu continuar era inventada mesmo. Bem feito para a Voz.

32

Estou me sentindo bem. É calma a tarde. Tenho pensado muito nas minhas vísceras, que meu baço, meu fígado, minhas tripas também sou. Não existe essa de "meu corpo." Ora, meu corpo sou eu e eu sou meu corpo. Inseparáveis. Mas o que é isso? Que sensação é essa? Estou sentindo uma leve pressão no abdômen. O que será? Ah, trata-se de um breve, um leve peidinho. Que lindo! Parece uma brisa. Inocente. Peidar é um ato de paz. Não sei por que é crime. Quero dizer, sei sim. Caso feda (Será que isso está certo? Essa conjugação? Olha lá, hein, Ditinha, nunca vi ninguém falar assim "feda". Você não acha esquisito?) É isso, mesmo, está certo. Acho que é futuro do subjuntivo, se não me engano. Então vamos lá: caso feda pode virar mesmo uma guerra química no ambiente e fazer vítimas empesteando o ar. Mas existem peidos inocentes que não merecem castigo. O comportamento geral trata a coisa como se houvesse castas: a superior é a dos não peidadores a dos que não formam gases, dos que não processam. E a outra é a do povo do cu livre. Acho que pertenço à esta. Na boa, sei que a primeira não existe.

33

Não sei o que fazer com Betzi, viveu muito tempo meditando no mato, depois foi evangélica, budista e hoje é kardecista, você acredita? Agora, é uma pessoa adorável! Intensa, fala muito, mais do que eu. Se fosse escrever o próprio avesso, daria seis vezes esse diário, no mínimo. Tem mania de falar tudo com números. Explico: amizade tem data, todos os homens têm idade e as amigas também, no meio da conversa: Edite, ontem foi tão bom na estreia da Ludmilla; Tava Hansen 47, Claudinho 35, Romeu 22, sem contar Caterine, Simone e Eurídice, que estão na faixa dos 50. Foi ótimo. Você perdeu.

Não sei porque ela faz assim. Desde adolescente que a Betzi quem faz a conta do bar e calcula quantas batatas fritas cada um comeu, é mole? Aí divide e chega ao resultado. E o pior, não é por maldade. Nasceu com um excesso de senso de justiça. Só isso. Nada mais. Quem ama tem que compreender. Gosto dela. Amo-a, e tento viver bem com os defeitos que me incomodavam nela. Deve ser o que os outros, tolerantes, fazem comigo. Falei tolerantes antes para bajular os jurados? Induzi-los ao politicamente correto? Sei lá. Falei e pronto. Betzi é uma mulher gostosa, bonita, bem cuidada e tem olhos tristes. Não sei por que estou escrevendo isso. Não gosto de namorar mulher.

34

Como se não bastasse o momento da passagem do planeta Saturno sobre nossas cabeças cobrando o dever de casa de quem não fez, agora dei para estar regredido na estrada do ser humano. Sou um homem regredido, um menino perdido da mãe, do pai, no grande baile do mundo. Só vejo pernas. Cadê minha mãe e meu pai? Fui esquecido entre os cabides numa loja de departamentos? Vontade de chorar.

Quero plugar meu pensamento em alguma máquina e imprimir o penso, assim, direto. Pra depois ler, ver se entendo. Olha só a minha bolsa. Vou abrí-la: Pente em forma de garfo, um guardanapo xadrez de pano, como se fosse um pedaço de um piquenique antigo, vários batons, alguns sem tampa, rímel, banana, carregador de celular, cheque, cartão, óculos de sol, creme de mão, perfume, uma garrafa de água, uma garrafa de chá, um caderno escrito no começo e de trás pra frente, um *pen drive*, um isqueiro quase no fim, um papel com uma gota imensa que só deixa ler "não esquecer de". Bolsa de doida. Pior, de mulher doida. Sempre tive medo de mulher doida. Vou fechar a bolsa. Quero é que ninguém veja o que tem dentro. Por que é que eu a abri aqui então na frente de todo mundo? (Todo mundo quem, Edite? Todo mundo quem? Aqui é o avesso, o erro aqui está liberado! Por enquanto, o erro é acerto. Só começa a ser erro do lado de fora. Quando alguém vir).

35

O que sei é que a saudade constante que sinto deste amor passa do ponto. Vai lá pra trás e faz a volta no sentido, já não é mais saudade. Nem raiva, vai virando esquecimento. Repito, estou avisando: tudo está tão cheio de ausência que nem repararei quando você partir.

36

Como estou só e é crepúsculo, me ponho a mirar por horas o laranjal firmamento. Meus sentimentos, senhor Sol! Ó amado astro rei, morres agora para nós e renasces amanhã para todos. E eu ali, só no desamparinho, que é o jeito como os caboverdianos chamam o crepúsculo. O dia que eu ouvi isso foi quando meu coração doeu de beleza. Fiquei ali na área da Horizontina, mesmo sem ela por lá. Estive ali voando com meu pensamento de asa aberta na tarde daquele céu.

— Passa pra dentro, Edite!

— Tô olhando o céu, vó...

— Que mané olhar céu que nada! Fica nessa olhação besta e a hora do colégio está aí! Todo fim de dia é essa coisa, essa agonia, a menina enfiada no meio do céu. De olho no céu. Perdeu alguma coisa lá?

Lembro da minha avó ralhando e eu agachadinha de perninhas abertas, os cotovelos apoiados nos joelhos, a calcinha aparecendo, a parte de trás meio sujinha de terra. Acho que eu queria o colo do céu.

37

Meu coração ficou mais calmo desde que soube que dona Delícia casou com seu Constantino. Passou ela satisfeita com os quadris de mulher, que a gente vê: rebolaram, rebolaram, rebolaram a noite inteira! Delícia queria que não parasse nunca, que fosse aquele fogo constante, como o nome dele, Constantino. Mal começo a pensar nisso, já vem a Voz. (Edite, Edite, o que é que você tem com isso?). E hoje acho que a Voz tem razão. Ô, meu pai, por que um naco da felicidade alheia me dá isto, me provoca este alívio instantâneo e efêmero no peito? Sou um mendigo batendo na porta da paz mundial! Por isso, tanta felicidade boba posso obter só de ver o abraço no fim do gozo de um casal numa cama matrimonial. É uma cena corriqueira, aparentemente óbvia. Porém, sobre tal obviedade nem sempre dorme uma dupla de amor. Não. Duas pessoas estendidas numa cama podem não estar entendidos nela. E isso de vez em quando pode acontecer. Mas quando os estendidos não formam laço, quando isto vira sem importância, mesmo com toda parafernália dos nomes das coisas, aqueles que dormem ali não constituem um casal. Sem cumplicidade, não são nem uma dupla. O que se vê é só um par de sozinhos. Isso pode ser fatal.

38

Fui uma que não me espantei quando o bairro todo de Sotema ficou sabendo que Ibsen e Bambino eram namorados e não tio e sobrinho. Todo mundo ficou falando. Que ninguém esperava isso do Ibsen, o pessoal chamava de frei Ibsen, é que ele foi padre, sabe? E ainda era padre quando chegou esse sobrinho do interior, sobrinho lá de Venda Nova e o pai pegou ele com Franjinha. Franjinha era o nome do carneiro de estimação da família. Mas era o carneiro que comia ele. Parece que o bicho estimava muito o garoto. O resultado é que o menino veio pra cidade pro padre acabar de dar jeito nele. E, quem sabe, transformá-lo num pároco também? Eu sei dizer que viram pela janela os dois dançando juntinho, o Ibsen com uma túnica branca, rostinhos colados, e Alcione cantando "Nem morta" na vitrola. Era de madrugada. Não sei porque tanto rebuliço com uma cena de amor! Se padre Ibsen não tivesse nunca largado a batina eu também criticava por causa da hipocrisia. Mas o homem deixou esse hábito há mais de dois anos e vem desde então se dedicando a outros. Não concordo com essa patrulha. Por que é que vale mais um homem que come duzentas mulheres, tem um monte de filhos que não conhece, mente pra todas, não ama ninguém, só a ele mesmo, do que aquele que ama um outro homem? O homo amor é menos? Quanta injustiça da moral coletiva! Sempre vigiando o piru e o cu dos outros! Fiquei imaginando eles tomando aquele vinho, padre Ibsen tomando no cu, quietinho. Se era para ser pecado pra que Deus inventou?

Aí sim, seria a glória, o prazer sem a culpa. Repara bem, o flagrado é só um outro que foi pego executando o seu desejo verdadeiro, o seu desejo oculto. Igual a mim, igual a você.

39

    Fui infiel com Vítor ontem de novo. Sem pena! Fui infiel e ainda repeti. Tome, tome, tome. O que é isso? Ele me perguntou. E eu disse: É chifre, é chifre, é chifre! Simples assim.

40

 Unhas vermelhas. As mãos de minha mãe abrem um envelope discreto que tem dentro do caderno lindo que ganhei da Vivi. Como podem essas mãos? São minhas, não dela. Minha mãe morreu faz vinte anos, que brincadeira é esta agora, Senhor Tempo? Responde, ó Senhor do novo óculos por onde vejo a realidade. A realidade não engrisalha, renova-se. Ágeis, minhas mãos exibem o DNA do vermelho gesto materno. Dedos e unhas são tribos que abrem e fecham gavetas por mim. Este escrito é uma gaveta aberta. O fundo desencaixado em um dos cantos. É assim, um puxador que quebra, um lado que agarra. Mas há também nessa casa interna, um bom armário embutido em que gavetas correm, deslizam sobre trilhos laterais e metálicos. Essas mãos são a identidade da minha mãe que vejo. As digitais do seu gesto. O que há dela em mim? Eu abrindo e fechando gavetas, sou o galho dela. E essas palavras também hoje quebram o galho pra mim.

41

 Seu Vitalino tem pão? Quem é seu Vitalino, quem é essa Voz, de quem é a pergunta? São frases que vêm com a chuva que chove lá fora e bate no meu telhado. Mesmo em apartamento, quando chove, ouço chuva no telhado. Será que é por isso que gosto tanto do telhado de vidro do meu jardim? Desde que pus telha de vidro ali nunca mais pude falar mal de alguém. Passei a correr perigo. Quem tem cu, tem medo. A chuva parece uma matemática, a percussão dos pingos. A orquestra. Há uma torneira, uma correnteza que é contínua, outra que pinga, outras gotas mais graves, outras mais grossas, outras muito finas. Chove também uns pinguinhos riscados, inclinados, gravetos transparentes no invisível ar. A chuva parece um vestido geométrico, abundante, elegante, e se mistura com a voz que pergunta de tarde, o nariz envolto ao cheiro de sonho no cesto de vime... "Seu Vitalino tem pão?"

42

Quer saber? Doutor Zanine me falou na minha cara que ia me receitar um fitoterápico poderoso. Que, além de aumentar meu metabolismo, poderia triplicar o meu desejo sexual! Eu disse: Zanine, eu te pedi alguma coisa? Eu reclamei de falta de apetite sexual, por acaso? Sabe o que o senhor é? Um irresponsável!

43

Estranho uma igreja que condena a sexualidade da criação. Doideira. Seria uma crítica a Deus?

Desconfio de uma religião que oprime, que inventa o pecado pra vender caro o perdão a preços de altas culpas!

44

Quando dei por mim, já estava Bruno me contando suas coisas íntimas de novo. Dessa vez era seu caso com a Anjinha, que ela tinha problema de gozar, que nutria grande dificuldade em chegar ao orgasmo. Mas como teve predileção pela buceta dela – me confessou que foi a mais bonita, a mais harmônica, a mais perfeita que já conheceu – sua expectativa era a de que ele iria curá-la dessa ignorância orgasmática. Feito. E foi assim:
– Dite, a Anjinha era meio apagadinha assim a gente conversando com ela. Mas, nós juntos pegamos fogo de um jeito que, na hora do vamo vê, eu, não sei por quê, do nada, comecei a falar: Sente a pica do cavalo dentro de você, sente, tá sentindo seu cavalo, tá sentindo? Ah, pra que? Anjinha começou a urrar, a gritar, a chorar, a me morder, a miar, a espirrar uma água como se tivesse ejaculando. Nunca tinha visto aquilo. A impressão que eu tive é que o clitóris dela triplicou de tamanho. A mulher ficou doida... – E depois? – Ah, e depois, ela começou a botar nome no meu cavalo. Mangaba. Vem Mangaba, vem Mangaba, aqui! Fui gostando daquilo, no início, mas depois, sei lá, você acredita que foi me dando um ciúme danado do filho da puta do Mangaba? Que porra de cavalo mais inconveniente, sô! Dite, cê vai achar que estou maluco, mas achei aquele cavalo um certo terceiro entre nós. Pirei. Resultado, eu não quis mais brincar de cavalo, o namoro acabou, Anjinha ficou triste porque se apegou a mim e ao bicho. Todo mundo esqueceu que era metáfora. Fiquei com pena do Bruno, da Anjinha também, que custou tanto a achar o

homem e o seu cavalo e num só lance perdeu os dois. Bruno me fala essas coisas, pensa que sou homem. Escuto tudo e depois escrevo aqui.

45

  Hoje quando botei mais cedo a cabeça dentro da touca elétrica para nutrir os cabelos, concordei com alguns homens quando dizem que a gente é maluca. Como a tomada era curta, deitei na cama e liguei o fio da touca na eletricidade. Liguei também a televisão para me distrair enquanto esquentava. Veio vindo um quentinho bom na cabeça, o creme hidratante entrando nas cutículas, penetrando. Tenho pena dos fios. Os fios crespos são mais sensíveis à secura desse tempo doido. O cabelo arma e cada fio parece que não fugirá à luta. Liguei meu pensamento também. Começaram a surgir dentro dele passeatas, manifestações, milhares de neurônios fazem exigências... eu sei que isso quer dizer mudança. Que responsa. Sou a presidente de minha nação e devo responder ao povo sem me perder de mim. Se ao menos houvesse um papa preto pra olhar por mim, acalmar minha mente. Se ao menos aquela mãe de santo estivesse viva e eu pudesse tomar um banho daquelas ervas dela, que num serviço só, sem ter que ligar na tomada nem nada, amaciam os cabelos e ainda dão uma saravada na gente. Perdoa qualquer coisa. São palavras de alguém com a cabeça quente.

46

Lírio me fez passar o inverno sem ele. Um castigo. Não veio no dia dos namorados, e quando chegou não trazia nenhuma flor do mato nas mãos. Por telefone pedi um bilhetinho de amor escrito com a letra dele e com os dizeres que ele mesmo tinha me dito. Tão bonitinho declarando que me amava muito! Não veio o bilhete. Pela terceira vez me depilei na intenção dele, cuidando das unhas dos pés e das mãos como quem se prepara para carinhos. Diante de tanta saudade e tamanha distância física era natural que tudo em mim esperasse o encontro com ele que, afinal, brada aos quatro cantos que eu sou sua namorada! E assim realmente é, no oficial, mas não tem sido de fato. Olho, olho, olho a pele lisinha da barriga, as pernas desenhadas pelas caminhadas na areia densa da praia da vida. Toda formosinha eu. Que pena. Inútil. Ele não veio de novo. Só virá quando acabar o trabalho. Todo afeto ali é só depois do serviço, à hora que o serviço acabar. Quem quiser tem que esperar isso. Não quero. Seu amor é muito borocoxô pra mim. É fraco, é pouco. Não me abastece. Com ele vivo com fome!

47

Tanta coisa Maria Alice me disse. Como faz falta irmã perto, um irmão à mão. Contou cada coisa. Que o nosso irmão foi dirigindo correndo e chorando, depois que a malvada da enfermeira disse: Oh, se quiser pegar com vida tem que voar. Era um acidente com vítima fatal. E era nossa mãe, Maria Alice me contou isso lembrando, e bastou para que eu voasse de novo nas asas daquela velha dor.

A dor a acionar forte o modo desamparo.

48

    Já vem o Lírio lá de dentro apaixonado, mas atrasado. Ele demora. Sempre foi assim. Não é de agora. Ele não gosta que fale, que se reclame. É difícil a gente se entender nesta parte. Uma coisa incrível o planeta gente. O planeta dos macacos. Se embolando na rede das palavras sem chegar ao resolver.

49

É noite fria normal de inferno. Engraçado, o computador escreveu imprudentemente inferno. É claro que escrevi inverno, se não a noite não seria fria, ora bolas! O certo é que dá justo nessa hora gélida, de arrepio e pijama, saudade da onda do amor. Ele não está. Segue imprudente enchendo de ausências nosso romance. Agora, me diz, alguém manda nele? Isso, seat, seat! Nada disto. O amor não tem juízo de obedecer à gente. Pelo contrário, o amor tem mais juízo é de mandar na gente. Estou preocupada, este caso tá muito por fora de mim. Preocupante. Nem sabe do existencial da gente! Só fala "tamo junto, minha nêga". Mas é frio. Nem nota se chorei, nem o vestido novo, nem tem visto as cores dos esmaltes quando mudo. Nem vê como estou agora, com elas em natural, unhas nuas. Para a gente respirar. Sinto falta daquele macaco magro. Fui reclamar, ele reiterou que ele é assim mesmo. Nasceu assim. Se bem que queria que ele fosse assim, mas outro. No meio de eu pensando isso, de repente uma voz grita acusando: amante dos humanos! Você não passa de uma amante dos humanos! Amante dos humanos! Era da TV do filme "Planeta dos macacos" e era também pra mim. Sou uma macaca amante dos humanos. O filme tem razão. Penso tanta coisa. Em como, de qualquer coisinha à toa da vida, eu edifico pensamento. De qualquer altura minha razão se lança, nunca vi assim. Minha razão gosta de explicar. Adora uma explicação. Ai, ai, tanta coisa minha irmã Maria Alice me disse ontem, segredos de família. Puxa vida, como faz falta uma irmã perto. Como muitas vezes é imprescindível um irmão à mão.

50

Nem se sabe se é amor e os amantes se apressam em escrever versos! Mas também o que importa? O que querem os amantes? Falar, falar, falar. É como se, ao falarem, as realidades do tesão se volatizassem, se potencializassem e aumentassem a fúria do desejo nos corpos dos amantes. Na hora tem gente que fala cada coisa: "Não adianta, vou te comer toda". Dá pra ver nos olhos da pessoa um resíduo, uma essência de lobo mau. Outros imploram, mesmo recebendo o benefício: "Me dá, me dá". Por isso pergunto mil vezes a mim mesma: o que pretendem os amantes? Por mim eu não lhes daria logo rótulos. Sim, porque há homens, que, coitados, chegam enamorados sem saber que, para a outra ou para o outro, quem chegou foi o noivo. Os planos são todos feitos à revelia das pessoas muito antes delas chegarem. Os sonhos na cabeça da gente que ama, na cabeça da gente que deseja têm campos muito abertos. Por isso eu digo, é preciso cautela! Não se leva a ferro e fogo o que se diz no tatame do amor. A razão se embaralha e o desejo comanda o jogo. O discernimento fica depois do suspiro, atrás do beijo, e a léguas do gozo. Sem contar que tudo pode acontecer lá dentro. Ninguém tá vendo. Quando era pequena, por exemplo, como minha mãe sempre se queixava de dor de cabeça, eu achava que os gemidos noturnos vindos do quarto dela eram enxaquecas, mas a rima era outra. De qualquer maneira estou aqui e grito no palanque do meu balcão de palavras: ninguém toca no território dos amantes! O que dizem não são mentiras, podem ser ilusões, mas não são mentiras e têm sempre um fundo, e que fundo, de verdade.

Outro dia, Platão, meu amigo querido, me contou que foi transar com um cara que era todo certinho, trabalhava numa loja de computadores, bonito, branquinho e de óculos. Mas na hora H o branquinho gritava: "Bota no meu sujinho, bota". E Platão botava. (Edite, deixa eu te perguntar uma coisa, sinceramente: você não tem um tanque de roupa pra lavar, não? Como é que pode? Um sol quente desse e você com foco no cu dos outros!? O que é que você tem com isso? O que te importa o que os amantes dizem ou deixam de dizer nos quartos deles?)

Aí, vocês sabem, como não sou violenta, peguei com muita delicadeza, uma peteca que estava na prateleira e atirei na boca da Voz. Matei ela. Uhuul! E fui lá brincar com os amantes.

51

Faz um lindo dia em Angra. Quero ficar aqui neste banco de areia, sentada à beira da manhã e escrever e escrever, como se não fosse errado. Escondido de mim não é mais. Agora posso falar: escrevo este avesso, sem outras encomendas na frente e posso já falar dele para os outros sem medo de ser cobrada. Me encomendam muita coisa. Semana passada, até um bolo confeitado me pediram, você acredita? E de festa de menino! Festa de menino... êta frase mais linda! Uma frase que parece uma pipa no céu azul numa linha imensa que vai dar na mãozinha do menino. (Ai, Edite, Edite, você bem que podia encomendar-se um pouco de paz de espírito, mulher, para ver se aquieta a hiperatividade desta alma! Meu Deus do céu, que agonia, toda hora se perde! Parece que seu pensamento não tem margem. Agora quero ver: do que mesmo você falava sentada à beira da manhã? Lembra?). Que o dia está lindo e chuvoso e que escrevo diante de uma cor prata coberta pela bruma, que deixa apenas uma delicada sugestão de montanhas atrás. Uma poesia nublada e bela cheia de véus pousa sobre a paisagem. A tela. Janela da alegria. Uma poesia escorre pela vidraça do dia.

52

Leroy é tímido, mas é safado. Gosto dele. Do macho que é. Na intimidade do meu pensamento, quer dizer, aqui, gosto de chamá-lo de Seis por noite. Olha, Edite, não sou essa máquina de fuder não, hein? Não sei o que acontece com nós dois.

Não explica nada não Leroy, só me beija e põe sua mão, sua boca aqui. Adoro conversar com Leroy. Ele conhece muitas palavras porque é muito estudioso, sabe? Mas não usa tantas. Quer dizer, usa, mas usa pouco. Êta bicho intenso! A gente vê o sentimento ali pulsando. O vulcão querendo sair. Me adora. Se derrama em mim. Me dá o ser dele. Todo.

Seis por noite... como se fosse uma entidade, nem tem noção da quantidade de palavrão que fala na hora do amor. "Gostosa da porra". É quase como se tivesse raiva de amar, revolta por tanto querer. E olha que ele gosta de mim, hein? Ainda não sei dar nome a esse laço, portanto não vou adiantar nada mais sobre Leroy. Fiquem quietos. Nada me revelem agora os astros. É muito cedo para eu perceber se for ilusão. Aliás, a ilusão existe até chegar a desilusão. Até aí, quem pode tirar dela o acontecido?

53

Perambulo na galeria dos meus amores. Vejo cada coisa. Cada cena antiga, até de antes do amor chegar. Edite, você estava fazendo o quê na praia de tarde sem seus irmãos, menina? Vó, eu estava apenas cantando. Eu, Márcia, Marcelinho de Brasília tocando violão. Um tio reverbera. Tio não, quer dizer, meu pai mesmo, vindo lá de dentro: está pensando que sou palhaço, Dona Edite? Então não fui jovem? Então não sei? Você só tem quatorze anos! Não quero você em grupinho que toca violão! Eu é que sei. A voz vociferava, minha avó também brigando comigo, tudo palavra porrada, tudo por nada, eu não tinha feito nada. Estava ainda aprendendo a palavra amigo durante a vigência daquela nova idade. Depois sim, vieram mais tarde os amores. Olho um retrato e me vejo aquela outra de mim ao lado daquele homem de bigode. Houve esta vida ou inventei? Quem de mim esteve com ele e foi dele amante e por ele sofreu de ciúme e descompreensão? Deus meu, este desfile é um absurdo. Parem, parem imediatamente a projeção! Nao veem que há crianças no recinto, inocentes na plateia? É muito existencialismo pra eu explicar. Vou pra cama com as minhas dolores. Apaguem a luz. Namoro cobertores. Está por hoje fechado, está por hoje acabado o desfile na galeria dos amores!

54

Exuberante é a palavra imperial que salta deste plúmbeo. É deste cinza cisne que o dia desembarca sobre a minha vista. Belo. A cor deste dia, sua chuva caindo deitada sobre o verde gramado que brilha fazendo clarioso por dentro o nublado, volatiza-se um tempo passado: eu tenho dezenove anos, sou virgem e vou passear com amigos e o namorado num sítio em Domingos Martins. Fui muito bem amada pela primeira vez e bem amei. Desde desse dia quando chove eu gosto. Nublado pra mim é festa, é banquete de amor e madurez. Desde aquela tarde, desde aquela vez.

55

O mais próximo do nome para o que somos só encontrei na palavra amantes. Isso não se pode negar. Não vou contar aqui, mas o negócio entre nós faz o solo da cama tremer. O que quero mesmo escrever é sobre os nomes, por que é que os nomes das coisas são mais importantes para algumas pessoas do que as coisas? E quando falo coisas aqui, incluo até e principalmente os substantivos abstratos como esperança, medo, sonhos, afetos que, a despeito de serem subjetivos, existem concretamente. Não estou ligando a mínima se nosso rolo é um namoro, um casamento, um noivado, um divertimento de verão, um caso, uma tórrida paixão. Ninguém teve necessidade até agora de botar nome no laço. Sabe-se apenas que é bom dormir de conchinha, que parece que aquilo sempre houve, que quanto mais se tem mais se quer. Preciso mais do que isso? Se conversamos como amigos antigos e, quando nos calamos, os gemidos não param de se comunicar, eu quero mais que isso? Fico pensando, por que que Olívia faz tanta questão de ser chamada de minha noiva por um cara que na prática é marido dela? Dormem juntos, a casa exibe geladeira, televisão, tapetes, cama de casal, prestações para o apartamento, para as quais o casal ardentemente trabalha, mas ela insiste. Não, Túlio, enquanto não nos casarmos no papel, sou sua noiva. Me dá uma pena de Túlio, porque ele não concorda mas aceita. E fica constrangido. Claro, o cara come come come a mulher, vive na mesma casa, acontece ali dentro tudo que acontece na casa das outras pessoas casadas ou até mais que isso, e ela quer mais o quê para chamar de casado? Tem muito casado aí sem união de verdade apesar de o papel atestar que sim. Fica aquela aliança representando nada. Só aliança no dedo. Sem o que a justifique. Uma argola de ouro significando o que não há. Ai ai, esses rótulos são tudo bobagem se a coisa não existir. O que Leroy faz comigo, por exemplo, é coisa que eu sei que muito marido por aí não faz! Não vou contar aqui porque não preciso gritar. O avesso sabe.

56

Chega desse caso. Ah, resolvi ser muito direta e naaaaaaaaada falsa quando Lírio me disse aquilo olhando nos olhos. Como sempre havia tristeza no revestimento daquele olhar dele: estou tão feliz por você estar na minha vida. E você? Fiz um pouco de silêncio e respondi: eu não. Não me leve a mal, mas não estou feliz contigo não. Por que, minha Afrodite? Insistiu-me com aqueles olhos órfãos de sol. Respondi como se não soubesse que a língua pudesse proferir palavras lâminas: seu amor não me abastece. Eu vivo com fome! Lírio ficou branco. Branquinho assim. E olha que ele era preto, hein? Ficou sim, branquinho da Silva. Era uma vez ali nosso jardim.

57

Não me venham com essa de que a criança negra abandonada na esquina de Ipanema, explorada pelos motoristas no sinal não existe. Me contem outra. Pois ela está ali ao meu lado, eu vi quando entrei na grande loja de departamentos. Na porta. Na nossa cara. Uma criança está estendida na calçada. Muitas crianças estão com as mãos estendidas pelas ruas pedindo o que? A vida é verdade e é filme. Por que então não desviei meu rumo e não fui a algum conselho tutelar denunciar, exigir providências? Sou conivente com esta tragédia? Ah, não? Por que então não telefonei para o Estado exigindo que cumpra sua parte no trato tributário? Alguns prometem pagar o valor da caixa inteira de chicletes se alguma menina daquela der um beijinho no pau deles. Há mães que sabem disso e as vendem assim mesmo. Não me venham com essa de que essa criança abandonada na esquina de Ipanema é mimimi meu, é ficção. Não vem não.

58

Uma coisa que não disse: Leroy é mais bonito de perto. De muito perto, sabe? A menos de um palmo do nariz. Não sei se é a respiração, o cheiro tesudo que me deixa inebriada e levada à tal conclusão, ou se não. É isso mesmo e Leroy é um homem que de pertinho fica exuberante. Os olhos de estonteante castanhêdo. O olhar novo e romântico. A boca um colosso de maciez. (Edite, Edite, para de confiar nas primeiras impressões. Toda vez que você começa a refletir muito sobre o óbvio ele vai ganhando uns ares de raridade, olha lá.) Oh, meu Deus, vai ver me apaixonei, e não percebi ainda e, minha noção de estética achará mais conforto dentro da palavra sintoma. Estou com todos os sintomas de paixão. O termômetro não acusa, mas é febre.

Poderia continuar escrevendo, mas seu Zé Carolino entra aqui em casa de súbito, vem todo arrumado, cheiroso, dizendo que vai na rua e que, como a banana está a um e trinta, se eu quero. Seu Zé Carolino é nordestino, é o porteiro de onde moro e é um homem que sei: gostaria de ter se chamado Thiago. Zé Carlos também servia. O que ele não suporta é o Carolino mesmo. Eu acho bonitinho e acho lindo ele ser todo malhado, informado, um homem que sempre procura saber. Você vê, ele sabe até que a banana é um e pouco, lá no supermercado *Vouquerê*, só que eu acho que ele é tarado, no fundo. Todas as moças que trabalham no prédio já sentiram alguma vez as intenções do seu olhar. Então, ele falando assim, sem mais nem menos de preço de banana, não dá muito pra gente confiar.

Fiquei pensando se é só dentro de mim que ocorrem esses pensamentos da minha vida e da vida dos outros e sempre, sempre no tatame das coisas esse assunto do amor. Fiquei pensando.

59

Ele é um homem que cala as coisas pra dentro de si. E é só coisa importante. Então quem está ao lado tem que ficar adivinhando, sabe? É difícil. Sabe-se lá quanta coisa nasce no coração de um homem?! Às vezes nem nasceu lá, mas a gente deposita, adota, deixa que fixem residência estes pensamentos perturbadores. Ele tem raiva guardada, vê-se. Faltou pai ali. Mas mesmo assim se fez homem. E isso lá ele é. E muito.

Agora inventou de ir estudar arqueologia no Egito. Agora, Leroy? O Egito não está bem, meu bem. Escolhe outro país. Mas, não sei não, acho que ele tem é boca boa pra cantar. Um dia eu o vi num bar! Bonita aquela boca, puta que pariu. Mesmo assim o homem quer investigar antropociência egípcia e se especializar na origem do homem, o afrohomosapiens, o negão preto velho pai de todos. Tô escrevendo isso no banheiro e ele está lá na cama. Na nossa e na da história. No que será que está a pensar? Pode ser tudo, inclusive sacanagem. Na cabeça do homem rola muita sacanagem. (E na sua, Ditinha, nao rola não?) Na minha? Eu sou uma santa. Ao mesmo tempo que falo isso, penso na cara de gozo que as santas têm. Muitas santas deixam a impressão de que acabaram de gozar, e essa impressão vai na foto, vira quadro, escultura, imagem. Será que é só eu que penso nisso? Nessa hora tenho que parar de escrever, Leroy, que nem sabe do Livro do avesso, está vindo de lá me pegar pela cintura. E de pau duro.

60

 Não sei porque, do nada, me veio na cabeça o espanto de quando soube que Caetano Veloso e Gilberto Gil tinham sido presos, e depois, o exílio. Eu era pequena, entendia a realidade sem informações muito preciosas que só saberia depois. Sei que a ditadura matou gente à beça. Que coisa, parece filme, mas sei que existiu. Poxa, como custou a garantia à democracia. Não quero que nunca mais ela acabe. Um país que viveu uma ditadura fica manchado, marcado pelo atraso, pela ignorância que a falta de liberdade produz. Se Deus quiser nunca mais vai ter ditadura no Brasil. Deus me livre. Credo em cruz, disse o pensamento ateu.

61

Foi a mãe de Horizontina mesmo que me contou:

— Edite, você acredita que Marinês cabeleireira teve o desplante de dizer para mim, na minha cara, que minha filha fumava maconha?! Ah, pra quê? Voei pra casa na hora e falei: Filha, minha Horizontina, amor da minha vida, motivo da minha existência, quero saber se o que Marinês falou é verdade. Você é uma filha maravilhosa, tudo que uma mãe pediu a Deus. Se for verdade, quero experimentar esse negócio. Edite, você não vai acreditar: a minha filha, toda bonita como ela é, levantou calma, da cama, foi até a estantezinha, abriu a gaveta e veio fazendo um cigarro sorrindo pra mim como um anjo: É verdade, mãe, vamo fumá? A senhora vai gostar, eu acho. Eu que já fumava cigarro pensei sou experiente. Ah, Dite, não pestanejei. Botei a boca no pito e traguei fundo como minha filha mandou, fiz uma, duas, três, seis vezes. O negócio não fazia nada. Fiquei ali com Horizontina, esperando fazer efeito. Diz que a pessoa fica louca. Fiquei esperando. Só que não podia esperar muito porque o tanque de roupa estava me chamando, mas para isso tinha que, antes, ir ao supermercado comprar sabão em pó.

Vai sim mãe, o supermercado é aqui do lado e a senhora aproveita e curte a onda. Falou isso, deu uma risadinha e saiu cantando toda desafinada. Tão bonitinha minha Horizontina desafinada. É como um pássaro que não sabe que voa com a asa um pouquinho torta. Não importa. Ele quer voar. Minha filha é uma boa ave.

Voltei das compras uma hora depois. Perambulei nas ruas dos minutos dentro da hora. Entrei em casa apavorada, rindo e, atravessando o corredor, já fui dizendo:

Filha de Deus, não quero mais saber desse negócio não, gente!! Você acredita que cheguei lá e achei a moça do caixa tão engraçada! Nunca tinha pensado nisso, reparado assim. Achei as pernas tão fininhas que ela ficou parecendo uma ema com aquele peitão. Ritinha do caixa sempre foi tão normal pra mim. Fiquei com uma vergonha dela. Tá rindo de que, Dona Nice, tá debochando de mim? E cadê que eu parava de rir para explicar, minha filha?! Que vergonha. Paguei rindo, vim andando rindo pela rua. Ninguém entendeu nada. Fiquei pensando, Edite: será que a polícia não tem outra coisa pra fazer não?! Ficar correndo atrás de uma coisa que a gente fuma e ri? Parece errado perseguir a alegria.

62

Andando pelo calçadão, sentindo o vento que vem do mar, me invade uma espécie de paz no peito, mesmo sabendo que as coisas não vão nada bem no meu país. Aí, me vem a imagem de Tuli Azeviche, uma mulher muito interessante. Enfiada na macumba de um tal jeito que ninguém duvida de nada do que ela fala. O povo tem é respeito. Para cada dia, ela tem uma roupa de acordo com o Orixá. Rode o mundo, meu bem, e você nunca encontrará Tuli numa sexta feira sem a roupa branca de Oxalá, e sem ir para um samba. Ah, pra ela é sagrado! Quando o tambor bate, ela sai girando, cantando alto, dizendo no pé. Quem conhece sabe que ali tem mistério. Tuli Azeviche, parece uma rainha! Todo mundo gosta dela. Um amigo falou que olha pra ela e dá vontade de obedecer. (O que eu acho é que você deveria saber se você tem que raspar a cabeça no santo, e não ficar querendo saber da vida do santo dos outros). E por acaso alguém te perguntou alguma coisa? Sabe o que vou fazer qualquer dia desses? Vou deixar só você falar, aí que eu quero ver. Vai ser desmascarada na frente de todo mundo. Todo mundo vai saber que aqui dentro, por causa de você, Dona Voz, sua pentelha, eu nunca estou sozinha. Quer saber? De uma outra maneira, Tuli também não está. A gente olha pra ela, preta, bonita, alta, original, única, elegante. A gente vê que ela não está sozinha.

63

Por isso digo: Quem sabe das coisas são os poetas! Não tem pra ninguém. Fiquei pensando agora que todo mundo tem que viver o seu fim, assim como viver o seu começo. Nascer mesmo não é nada fácil. Mudar rapidamente de matriz, passar de uma hora pra outra a respirar por conta própria sem nunca ter feito isso antes, sem ensaio, sem experiência. Tanto que para alguns nascer é um golpe fatal. Da mesma maneira será viver o nosso morrer. O fim. Alguns apodrecem. Nossa, que forte escrever isso, não queria ter escrito isso. Também não tenho coragem de apagar uma verdade assim. Ai, fico mesmo com os poetas. Se eu fosse Mário Quintana só diria esse verso dele, e me sentiria muito mais completa e mais singela: "Morrer devia ser assim, um céu que pouco a pouco escurecesse e a gente nem soubesse que era o fim."

64

Êta homem misterioso! Você acredita que às vezes ele me escreve e assina H? Aquilo, não sei porque, me enlouquece. Fico caidinha por ele, querendo aquele H dele todo pra mim. Aí, quando já durmo com a certeza de que o tal H é também sigla para a palavra homem, o homem dana a assinar J. Fudeu. Ele me deixa pendurada no mistério dele. Atenta. Olhos sem piscar. Menina sentada na plateia do circo de olho no perigo do trapézio, com o foco no picadeiro.

Depois, na hora H, fala umas palavras tão indecentes que até me desconcentro do amor e começo a rir. Palhaço do meu circo.

65

Nelson Mandela morreu. Dor. Tão imprescindível homem. Penso no meu País. No primeiro macaco. No primeiro homem, o Adão negro que a humanidade parece ainda não ter engendrado. É difícil para a ciência branca engolir um negócio desse. Muita gente não aceita o homem negro como fundamento da civilização, isto ainda não é verdade no imaginário desses mamíferos separatistas que mandam no mundo. Queria poder ir lá no enterro de Mandiba, que apelido lindo para um homem preto presidente, nomeado na própria língua, este bem precioso que nos foi arrancado na escravização. Quem vai à África do Sul, deixa uma parte do coração e nunca mais retorna de lá. A onda zulu bate. Tão lindo. Ver todos os povos ali reunidos em torno de um homem iluminado que ensinou o perdão sem mágoa. O perdão real. Vinte e sete anos numa cadeia Sul Africana não alimentaram seu ódio, não potencializaram sua rivalidade e sua capacidade de revanche. Não. O homem nutriu de fundamentos dentro da cadeia o seu critério de justiça para todos. Pensou um projeto politicamente generoso de integrar uma nação partida ao meio. Ai, ai, às vezes meu pensamento parece pensamento de jornalista. Mas só às vezes. Me aborrece tanto que o jornalismo brasileiro, em geral, esteja sofrendo de falta de coragem. Ai ai, me solte, pensamento. Quero gritar alto pelas ruas de Johannesburgo: Mandiba! Mandiba! Mandiba!

66

Com a face oculta dentro das folhas do tempo, o herói percorre sua invisível odisséia. Ninguém o vê.

Lucien Bernard, é um cara que amo. Que cidadão valente, corajoso, está sempre me ensinando a voar melhor na dignidade cívica. Adoro-o. É divertido, moderno, inteligente, ousado e parlamentar, você acredita? Sabe cantar, conhece quase tudo da música boa popular brasileira de cor, diz versos. É bonito. Tão altivo que parece um homem alto de altura física. Só há pouco tempo descobri que tem o perfil do tipo do político que tanto lutamos para que existisse de verdade, tem amor e respeito pela coisa pública, representa o povo que sempre é desconsiderado nas decisões oficiais e ainda tem bom humor. Quando nos encontramos, apesar de tanto combate e por isso mesmo, a primeira coisa que fazemos é rir.

Ele tem este nome diferente porque sua mãe é rara. São nordestinos. O povo ouro do Brasil. Ele gosta de fazer trocadilho comigo: Edite, embora você não acredite, Dite...

Lucien Bernard, acredite, sabe *parlar* e cumprir. É parlamentar, minha cara. Vou repetir: Parlamentar! Com ele, está garantido o sonhar.

67

Josefine me perguntou se o meu caso com Leroy era namoro, ficagem, casamento, amantes, ou seja, caso mesmo. Eu disse, olhando praquela cara branca dela:

– Não sei, Zefine. sei dizer que o que ele faz comigo tem muito marido que não faz!

Zefine ficou muda, meio sem graça, mais tarde me ligou:

– Edite, me conta, o que é que Leroy faz com você?

– Por que cê quer saber, Zefine?

– Por quê? Pra saber se Bira faz também, né? E se ele não tiver feito, quero que ele faça. Nem dormi só pensando no que você falou.

Fiquei bem quieta, disfarcei, dei um passeio no assunto. Fingi que não entendi que não tinha respondido. Ah, Zefine, o que ele faz comigo é nosso. Não conto mesmo. Nem pra mim, que sei que tenho a boca solta...

Um dia, Horizontina me chamou de boca de sandália. Não sei porque, na hora chorei. Depois que descobri que eu era boca de sandália mesmo, parou de doer, e dei de gostar do apelido. Acho justo. Sou de pôr a boca no mundo.

68

Como um herói aparece na história, Valentin apareceu pra mim. Lindo.

Parecia um personagem inventado. Sua beleza cigana, latina, portuguesa sei lá eu. (Edite, Edite, que história é essa agora? Nem tudo é literatura. Que aflição! Viver é uma coisa, escrever é outra! Ditinha, você mistura tudo. Depois nem você vai saber o que é a verdade e o que é invenção.) E você? Que Voz é você que encosta Ditinha na parede? Deixa ela. Todo mundo bem sabe que se ela não escrever, enlouquece. Por isso, aviso ao mundo: Deixe a mulher escrever seus avessos! Enquanto escrevo isso, Valentim passa na sala do pequeno chalé. Passa por trás de mim cheiroso de uma lavanda inocente e me tira pra dançar. Valentin é um homem naturalmente elegante. Dá pra ver um tango nele, um romântico. E também se vê um menino cheio de bondade. A coisa que mais enfeita o homem é a bondade, é este traço no caráter. Adoro homem bom. E quando ele puxa o lenço do bolso? Nossa Senhora! Eu morro ali do lado dele, ele nem vê. Já homem egoísta geralmente é feio. O egoísmo é amigo da feiura, sabia?.

69

Rosinha é muito bonitinha. Jeitosa, inteligente, capiau e ingênua. Um dia me perguntou:

– Ô, Dite, você que é da cidade e tem estudo, me responde uma coisa, porque às vezes homem tem mau costume de querer comer o cu da gente?

– Ah, porque é bom, tem gente que gosta. Mas não é obrigado, não, Rosinha. É só mais um prazer. Se os dois quiserem, tá tudo certo.

– Mas como é que nesses onze anos ele nunca falou disso? Será, Ditinha, se não é alguma mulher que está ensinando isso pra ele?

– Não sei, você está desconfiada?

– Tô sim, por causa do perfume! Uma catinga de perfume todo dia quando vai lá em Perdões, que é a nossa cidade mais próxima. Mas se ele tiver arrumado uma mulher em Perdões, meu perdão ele não vai ter nunca!

E chorou de se desmanchar. Fiquei olhando para ela. Quando Alcides era pescador, cansou de ficar na beira do mar com coração apertado, com medo de um dia ele ficar no mar que é o destino de muitos pescadores. Rosinha pensava: será que Iemanjá ia querer ele? Ia nada, Iemanjá gosta de valentes. Quer saber? Alcides é muito sem iniciativa, homem parado. É parado até para Iemanjá.

70

Fiquei boba de ver a clara em neve que Horizontina sabe bater, *nossinhora*! Antigamente eu pensava que só minha mãe batia uma clara em neve assim, exemplar. E conheço quem bata ovos bem. Mas quando vi a agilidade harmônica de Horizontina, me surpreendi. A percussão do garfo na tigela, batendo dentro do tempo. Uma coisa artesanal e bela. Horizontina ri:

– Ah, comigo não tem Arno certo não, hein? Eu gosto mesmo é de bater na mão. Gosto de tudo, escolher os ovos, quebrá-los na beirinha da pia com uma batida só, sem deixar cair um pingo de clara nessa hora; escolho a distância e abro em duas partes o pequeno objeto que Colombo botou em pé, não sei como. Se bem que não sou galinha, nem descobridora de Américas e já botei ovo em pé também lá em Macapá, no Marco Zero. Mas agora, Edite, que já passou, vou falar. Não foi Marco Zero nada, calcei o ovo nos quadradinhos dos paralelepípedos num daqueles buraquinhos; é a precisão do vão. Ninguém viu. Enganei os bobos na casca do ovo. Mas gosto que você aprecie, Edite, gosto de você, você sabe valorizar coisas pequenas, eu acho. Sempre me chamam pra bater ovo, mas nunca ninguém elogiou assim. Obrigada, Edite.

– Besteira sua, Horizontina, que obrigada nada. Onde já se viu isso, alguém que bate uma clara em neve a ponto de dar pra cortar com a faca, de tão consistente?!

Do nada, Julieta atravessa a cena e diz:

– Ela bate tão depressa que deve ser boa pra bater punheta!

Rimos as três. Ninguém imagina que mulher fale tanta sacanagem assim, entre elas. Acho a sacanagem da mulher de uma propriedade. É alguém que fala de dentro de casa. A mulher é uma casa. Éramos três casas ali: Horizontina, Edite e Julieta, que falou tudo sem parar de esfregar o chão. Horizontina virou a mistura no tacho, se dobrou toda levantando a bunda pra introduzi-lo ao forno e falou:

– Engraçado, não tava nem pensando nisso quando bati as claras, mas quando misturei a única gema ao todo, ouvi de novo as palavras de Julieta, e comecei a lembrar do Gusmão. Ai Gusmão, Gusmão, Gusmão...

71

Uma escritora, muito amiga minha, muito amiga mesmo me contou que o personagem que ela inventou saiu da ficção e foi para a existência, tipo um pinóquio, sabe? Mas para adultos. Diz que ele saiu do livro e veio cortejá-la na vida real, com o mesmo nome e a personalidade do homem que ela tinha criado para ser seu amante na ficção. Diz que beijou ela e tudo. Mais de uma vez, lá na realidade. Que foi lá nas escadarias do metrô, jurou que aconteceu mesmo. Eu, hein. Achei ela com uma cara de doida me contando isso. Fiquei boba de ver ela acreditar naquilo. Não falei nada porque também não sou muito certa da cabeça. Por isso fiquei sem moral pra dizer. Então, não posso sair por aí dizendo que as pessoas estão pirando, mas que eu acho que é coisa de maluco, eu acho. Pronto, falei.

72

Diamantina, se você quiser que Sócrates se apaixone por você pra sempre eu tenho uma ideia:

— Qual, dona Edite?

— É muito simples, coa o café na calcinha e dá pra ele beber. Se tiver menstruada melhor ainda. Café tira o cheiro e o gosto dele prevalece.

— A senhora tá doida, Deus me livre! Já não basta o Tunico atrás de mim até hoje? Eu não gosto do homem e cadê que ele me esquece? Cria o filho, dá pensão direitinho, mas eu e ele, homem-mulher, nunca mais. Perdi o gosto. Já tive dois homens depois dele, quatro filhos, e o pobre do Tunico não para de ciscar:

— É, Diamantina, sai mulher e entra mulher na minha vida, e não adianta: meu coração espera você, só quer você, só pensa em você.

— Tunico, você não está vendo que estou gorda? Eu disse pra ele, me esquece.

— Você não está gorda, você está aconchegante. Mulher tem que ter o que pegar.

Sabe porque dona Edite, que Tunico é assim, homem bobo comigo? Porque fiz o feitiço do bife.

— Do bife? Esse não conheço.

— Ih, é muito simples: tempera o bife normal, mas antes de temperar a gente esfrega ele na buceta, de um lado e de outro. Serve qualquer carne, mas pra Tunico eu fiz com patinho. E aí você põe alho, pimenta do reino, o que quiser, e frita. Tunico gostou tanto que quis repetir e vai pra 12 anos que o homem anda atrás de mim.

 Fiquei olhando para Diamantina, seu sorriso branco na cara preta. Ela é bonita, boa mãe, mas não sabia que era feiticeira de preparar superstição de bife passado na buceta. Fiquei impressionada e perguntei:

 – Se você não quer mais, não tem como desmanchar o feitiço do Tunico, libertar ele?

 – Tem, uma amiga minha tem que contar pra ele, não pode ser eu.

 – Eu conto, se você quiser, Diamantina.

 – É melhor não, dona Edite, diz que às vezes o mensageiro, ou seja, quem vai contar o segredo do feitiço para o enfeitiçado, recebe a carga toda pra ele. Vai que eu me livro do Tunico e ele não larga a senhora?

 – É, então é melhor, Diamantina, você não fazer nada de macumba pro Sócrates se apaixonar não. Vamos no tradicional. Dá só esse sorriso seu pra ele, brilhante, sincero, aberto e voluptuoso. Não tem feitiço maior.

73

É verão. As cigarras já começaram a desempenhar seu desespero, sua antagonia. Agora, quem vai me explicar o que é antagonia? Escrevi sem pensar. Queria me referir à uma contrariedade, uma oposição, não uma agonia anta, como parece. As cigarras com aquelas asas grinaldas parecem umas noivas. É noiva inseto. Primas das lavadeiras. Fico pensando por que é que eu escrevo tanta palavra assim. Dizem que as mulheres dispõem de seis mil palavras para dizer por dia. Na dispensa do subjetivo feminino, há seis grupos de mil palavras para serem ditas. Não é mole não. Muitos casais héteros se separaram por causa disso. Sem saber o que o cientista falou. Porque o homem só tem duas mil palavras para dizer por dia, em geral. O cara chega em casa, cansado, senta na poltrona pra ver televisão ou ler um livro, querendo o descanso dos justos. A mulher chega também e começa a falar. Ela fala cinquenta, cem palavras por frase:

— Hoje foi aniversário de Marietinha e todo mundo na repartição fez festa surpresa pra ela. Ficou feliz, ganhou vestidos, sapato, agenda do ano novo, lenço de pescoço de seda, perfume bom, umas bijuterias maravilhosas parecendo jóias. Marietinha ganhou foi coisa. Ela é carismática, todo mundo gosta dela lá. Dá vontade de presenteá-la, a gente vê que a pessoa é toda trabalhada na bondade. E ainda dançamos, hein? Lá, mesmo no escritório, no som de Cecília.

— Que ótimo, respondeu Bento.

Bento responde monossilábico e ela reclama.

— Você é um homem chato, a gente fala, fala, fala, conta uma coisa engraçada, animada, e você só fala: É. Bacana. Que ótimo.

Só sei dizer que os casais se separam porque, de noite, pra ela, ainda faltam umas duas mil palavras para dizer. E ela só gastou quatro mil no dia, enquanto ele já falou tudo. Que situação. Tudo é tão matemático.

A cigarra canta lá fora, eu estou sem marido para dizer palavra. Mas no meu avesso não tem limite. Meu avesso me escuta sem cansar.

74

"Encontrar-te-ei às três da tarde, no jardim como combinado".

Um passarinho veio até a mim com o bilhete no bico em resposta ao meu: "Adoro suas mesóclises. Assinado, Valentim." Fiquei doidinha por dentro, só contando as horas para o encontro. Demorou a passar. A hora marcada às vezes tinge com sua cor outras horas que não estão por ela marcadas. Desde o instante em que o passarinho me trouxe o bilhete, as outras horas só serviam de degraus para minha hora com ele. A hora fora marcada com o coraçãozinho desenhado na árvore e nossos nomes dentro. Edite e Valentim. A árvore morava no quintal dessa hora.

Como num filme, lá estávamos nós, chegamos juntos. Sem espera de nenhuma das partes. Valentim me explicou que o som da flauta é soprado para percorrer todo o corpo do instrumento e sair pela boca por onde o vento da gente entrou... É um som que retorna. E propôs: Quer sentir? Pela primeira vez um homem tocava flauta no meu ouvido. Eu sentindo o ar, a brisa, o vento, aquela temperatura agradável soprando o lóbulo da orelha, o pescoço, a música, uma respiração! Quase morri. Mais do que quando li a palavra mesóclises. Quando um homem entende de gramática já ganha muito no território do meu coração. Quando um homem ama análise sintática eu fico torcendo pra ele me ganhar, me conquistar. Se precisar até roubo no jogo. Mas... quando um homem toca um instrumento no meu ouvido... eu não posso, eu não consigo, eu não quero dizer mais nada.

75

A bolsa com a qual cheguei trazia um presente pra ele. Feito por mim. Um mimo de quem está fazendo gosto em conhecer mais do bom do outro. Na hora que escolhi pra dar a prenda, o homem me aparece com uma louraça belzebu te esconjuro cruz credo deus me livre satanás pé de pato bangalô três vezes!! Pensei, ah se é isso que ele quer, se é disso que ele gosta, desta mulher toda feita em laboratório, então eu não servia mesmo. Sou de outra tribo. (Oh, Ditinha, você desculpa eu me meter, eu sou só uma simples voz, nem sempre sou ouvida aqui, mas não posso me omitir. Acho que isso não é assim que se julga. Deixa o homem com a belzebu! Você, por exemplo, não teve um caso com aquele leão-marinho?)

76

Meu coração é muito fraco pra homem que torce para o Botafogo. Não sei por que, a maioria das vezes que gosto de um homem, quando menos espero, é fogo, ele é torcedor do Botafogo. Fico muito sem graça diante da minha torcida porque eu sou Flamengo, né? Mas não tem nada a ver. Não quero também dizer que aprecio homem por time. Não é não, é mesmo sem querer. Quando percebo, a estrela solitária começa a aparecer de algum jeito: numa bandeira, numa mochila, numa camisa, num chaveiro, num peito. Sem desfazer dos outros, sabe o que acho? Acho botafoguense muito bom de cama. (Olha, Ditinha, olha que amanhã você paga sua língua com o Fluminense, hein?). É só uma opinião, gente, todo mundo sabe que não escrevo por mal.

77

Hoje, o meu avesso me soprou que nunca falei de Tarsila aqui. Um dia chegou pra mim e Horizontina:

– Tomem a chave de minha casa à beira do mar da Bahia. Agora ela é de vocês.

Tarsila também é outra, igual a Josefine, que até quando é ruim é boa. Conheci numa carona que peguei. Foi um dia em que minha intuição me enganou. Quando me falaram que queria me conhecer pensei que era outro tipo de pessoa, nada a ver. Mas quando botei meus olhos nela logo logo vi a fada. Tem muita fada baiana. Ela é uma preta branca de terreiro. Só anda com a guia. Sempre me ensina muita coisa. A aula mais difícil e mais bonita que a de beleza com força e a de coragem com delicadeza. Não são misturas fáceis de se dinamizar. Porém, quando acertamos a receita, ai, ai, ai, mesmo contrariado, o mundo fica melhor.

78

Tô pensando... Será que vão descobrir logo o segredo? Ai, tô acompanhando essa novela que está passando agora, das 9. Gosto. Descanso um pouco das minhas coisas, descanso de mim pensando na história dos outros, mesmo que seja inventada. E quando acaba a novela, volto para a novela do meu pensamento. E pronto. Pulo de uma ficção para outra. Aqui é ficção da verdade, é mole?

79

Eu de vestidinho de crochê, desci as escadinhas de madeira da casa logo depois do banho e Valentim me disse: Mas ô mulher cheirosa demais sô! Demais não. Perfeita. Que cheiro bom. E me tirou pra dançar. Ali no meio da cozinha. Coisa que só homem cavalheiro sabe fazer. Rosinha lavava a louça e ficou sem graça, mais caipira ainda, olhos colados no detergente e na espuma como se fugisse de ver uma indecência nossa. Mas nada. Me levava elegante pela cintura. Beijou-me delicado o lado do rosto, eu acho. Fiquei nervosa com medo de errar o passo, mas feliz em bailar com ele ali toda deslizante. Parecia um salão de sonho onde tudo que acontece é o que a gente quer. Por cima do ombro esquerdo de Valentim, avistei uma lágrima escorrer dos olhos tristes de Rosinha, a pingar na pia, entre as formas das panelas. Rosinha queria uma dança daquelas, mas puxada por Alcides. Porém, Alcides é homem parado, sem ação, não tem iniciativa. Um dia Rosinha me disse: Você vê Ditinha, ele nem me vê. Faço unha, pé, mão ele não nota. E é pra ele. Mas de que adianta? Alcides é muito parado. Se não fosse eu, nem esses meninos a gente tinha.

Foi por causa do sofrimento de Rosinha, uma mulher órfã de carinho masculino, que interrompi a valsa ali com Valentim na frente dela. É cruel desfilar banquete na frente do faminto sem oferecer. Quando me rodou, escapei dos seus braços. Além do mais, não aguentei muito de tão bom que era. Olhei pro ladrilho do chão da cozinha e cadê ladrilho? Era céu. Valentim às vezes me mata de beleza. Qualquer dia desses, tiro ele daqui e vou ser feliz com ele fora da ficção.

80

 A primeira vez que ouvi falar a palavra Uber foi Susan Guedes que me disse. Adoro a Susan. É bonita, luminosa! Quando vi ela na praia de biquíni pensei até que era modelo. No dia em que estava próximo de fazer 50 anos quase caí pra trás. Bonitona, gostosa, namoradeira.
 – Mas Susan, já pediu o táxi?
 – Que táxi o quê, meu bem? Vamos de Uber.
 – O que é isso?
 – Você vai ver.
 Parou na minha casa um carro de luxo, preto, Susan lá dentro, parecendo uma rainha!
 – Entra.
 – Susan, eu não sei se eu tenho dinheiro aqui, deve ser caro.
 – Meu amor, não se mexe em dinheiro, pagarei no cartão, daqui a um mês!
 Fiquei bege, Susan falava aquilo, parecia uma mulher viajada, rica. Apesar de ser branca é uma pessoa espetacular. Tô brincando, gosto de brincar assim. (Não fala assim dos outros! Quando falam assim de você, você não gosta). Ô Voz, deixa de ser burra, isso é uma ironia, i-ro-nia. Quando falo isso as pessoas refletem, quando falo isso as pessoas pensam o quão absurdo é dizer que um ser humano é bom ou ruim por conta da cor da sua pele, entendeu? Quando falo isso é para as pessoas pensarem o quão absurdo é dizer isso de alguém. Ai, Dona Voz, a senhora está muito burrinha, tudo pra você tem que desenhar! Se eu

fosse você eu não me rebelaria contra mim, hein?! O eu da gente é uma coisa muito preciosa. E tem mais, pode acordar outras vozes. Você sabe disso! E aí quero ver quem vai ganhar a parada. Mas não tô afim de brigar com a Voz agora, só quero lembrar de Susan. Um dia me disse:

– Edite, esse negão vai me matar, o negão me bota na mesa e me chupa, me chupa como se eu fosse uma manga. Edite, eu vou ficar louca. Louca de amor, sacou?

– Nunca vi uma cena dessa num filme de sacanagem. Um homem chupando uma mulher em cima da mesa até ela atingir o céu, Susan!

– Não viu porque quem faz o roteiro desses filmes é tudo homem. A maioria. Homem, você entendeu? Bota uma coisa na sua cabeça, Dite: tudo o que o homem toca com machismo fica torto, injusto.

Eu gosto dela. Tem uma inteligência rápida. Susan Guedes, minha querida Susan Guedes, por onde andará?

– Vou embora deste país, minha filha, isso aqui vai explodir!

– Não vai não, a gente gosta de você aqui, Su!

– Não fico, vou pra Portugal onde tudo começou! Hahaha!

E deu aquela risada gostosa dela. É muito resolvedora e não liga de recomeçar. Por isso é alegre assim.

81

 Kówski se gaba de ter sido meu amante, uma espécie de namorados que fomos e depois nos tornamos grandissíssimos amigos. Aquilo que não era amor de homem e mulher assim, ficou pra trás. Mas isso fez com que ele pensasse que me conhece muito, quase que completamente. Às vezes fica metido dessa sabideza e diz:

 – Ah, te conheço, já bebi muito dessa água, posso encher a boca pra falar.

 Isso ele pode mesmo dizer, a coisa era animada entre nós. Era um exercício da intimidade e da liberdade. A vida é essa costura de acontecimentos imprevisíveis, mesmo sendo frutos, tortos ou não, da nossa ação de ontem. Isso é que é o futuro, esse arremedo do passado e, ao mesmo tempo mistério que na última hora muda tudo. Tudo é absurdo, eu passando pelada do meu quarto para o outro no fundo do corredor, subitamente me lembrei do seu Everaldo, o mecânico da loja de *bike*. Eu tenho nojo dele, ele está sempre muito sujo. Não é do trabalho, não é só a graxa, não. Da graxa eu não tenho nojo, só receio de manchar minha roupa. Parece que seu Everaldo já aproveita a sujeira na qual ele gosta mesmo de viver e bota a culpa no uniforme. Não é do sertão, mas vive na catinga. (Oh, que maldade, que bobagem, isso não é piada que se faça, Edite. E é ignorante, porque a outra caatinga tem dois as.) Mas aqui no meu avesso, tudo pode. Nada terminou ainda. Estamos em obras. Não tem nada pronto, por isso os erros. O certo é que seu Everaldo já começa segunda feira com o uniforme sujo e bota a culpa no dia como se ainda fosse sujar ele, cê acredita?. Outro dia a mulher dele estava lá. Ele parecia uma bicicleta destrambelhada num canto e ela parecia a mãe dessa bicicleta. Ela é branca, e também parece meio suja. Fiquei pensando nos filhos. O que acham disso? Será a cultura da família? Uma família sujismunda? Ela foi me dar o troco, o troco veio cheio de cecê: Meu Deus, por que é que fui cheirar o dinheiro? O que é que deu na minha cabeça? Por que faço essas coisas? Por que penso isso? Meu pensamento parece às vezes criança que está aprendendo a andar, se a gente não ficar atrás ele desequilibra e cai por aí. Agora veio, sem mais nem menos, na cabeça, a imagem do seu Everaldo pelado em casa. Que situação ficar vendo isso, gente! Numa hora dessa que a Voz devia aparecer e dizer: Edite, não se perca, seu assunto era Bukowski, a saliência do passado de vocês e o conhecimento que um tem do outro, o valor da amizade, etc... Mas a Voz não está mais aqui e me perdi.

82

    Alfaiate é incrível, uma pessoa diferente, muitas vezes é a melhor alma do mundo. A mais caridosa, a mais prestativa, a mais protetora, a mais amorosa. Noutras, perde o trilho, faz besteira, parece até que muda de personalidade. Agora ela está melhor. Mas ela já deu cada mancada sociológica! Por outro lado, é gente criativa, que gosta de aprender. E é valente. A gente brinca muito, porque na verdade, o nome dela é Berenice, mas o apelido é Alfaiate, porque ela acha que é um homem, às vezes. É como se fosse um heterônimo, um espírito masculino que ela inventou de achar que tem. Então, no meio de toda aquela gostosice que ela é, começa a falar grosso: deixa que Alfaiate resolve, você não vai pegar mala pesada perto de mim. Alfaiate não permite que mulher pegue peso do lado dele. Agora vou te acompanhar até o táxi. Alfaiate é machista e com essa pegada pretende transitar entre os gêneros. Alfaia vai falando essas coisas e ao mesmo tempo você mostra pra ele uma fitinha de cetim, uma florzinha brilhosa, uma estrelinha de carnaval e ele desmunheca todo: Ai que lindaaaa, será que tem mais cores? Eu disse: Berenice, pra mim o Alfaiate é viado. Ela riu. Um dia me disse se desmanchando: Ai, sua casa parece um bolo de casamento! Entre as casas da rua, ela desponta, reina.

    Pensei logo: Alfaiate é viado mesmo, e com essa frase vai ter mesmo que entrar neste Livro.

83

Valentim tem vocação para príncipe. Tanto que, Deus deu a ele uma reserva imensa de gentilezas. Certa tarde, forrou o lencinho para a gente sentar na grama do quintal, e de longe, fiquei me lembrando das coisinhas dele que vi no quarto: um saco de confetes, uma partitura, uma garrafa d'água e uma caixinha com umas abotoaduras de ouro. Vi aquilo e fiquei muda, não contei pra ninguém. É a primeira vez que abro a boca para falar disso. Mais tarde, quando me convidou a passear no crepúsculo, falou pra mim: Edite vou ser muito claro, você é a mulher mais preciosa que já pousou ao meu lado nesses últimos anos. Está escutando? Você tem um cheiro tão agradável, um cafuné do olfato, é cheiro de flor de mulher. Fiquei tão sem graça que disse rápido: Espia o sabiá. Capaz de ele nem aguentar voar de volta para o ninho, é tão pequenininho. Valentim riu, percebeu que fiquei sem graça e me beijou com aquela subjetividade masculina, a sensibilidade do macho, a subjetividade daquele que mete. Não fechei o olho todo na hora de beijar, por isso dava para ver o desenho muito bem acabadinho daquela boca rosa rosa a me olhar. Quanto mais me beijava mais eu desenhava ela com a nesga do olhar. Deus sabe o que pedi aos céus: que Valentim não parasse de existir assim infinito ao meu lado, nunca mais, nunca mais. Aí, ouvi a voz de Deus. Tenor: Cuidado com o que você pede. Só pedi isso porque pensei que Deus estava dormindo de tarde, que ele não ia ouvir. A gente fica querendo infinito ao lado de pessoas que a gente nem conhece direito. Valentim tirou o chapéu como fazendo para mim uma reverência e apontou-me uma trilha no meio do mato. Que caminho é esse, Valentim? É o caminho do meio, minha princesa. É isso que ele faz comigo, me leva a um lugar aonde nenhum homem me levou antes. Sopra meu rosto, beija meu dorso, me abraça, sinto um volume no seu corpo, na altura do meu quadril. Que é isso, Valentim, ficou louco? Fiquei nada. Ah, é meu sapatinho de cristal que ele trazia no bolso!

84

Uma coisa que eu não disse: nunca houve sexo entre mim e ele. Nunquinha, juro. Por isso estranho tanto o fato de eu querer tanto, de eu fazer tanta questão de uma fagulha da presença dele. Adoro a presença dele sendo que nunca esteve oficialmente dentro de mim, de modo bíblico, quero dizer. Por isso acho que é amor. Sentimento. Ó, meu Deus, isso não faz sentido, estou doente então. Deixei a janela aberta e peguei paixão.

85

Muito difícil despertar sem amar Valentim. Sem sua presença em minha lira. Sem Valentim, o viver fica mais estreito, mais abafado. Quando partiu, sem o recheio da minha ilusão na noite passada, murchou o meu balão, tirou o ar da minha bola de soprar, e esta desembestou-se doida à mercê do movimento escalafobético que a saída biruta do vento impunha.

Levei-lhe uma estocada forte e foi debaixo do peito esquerdo. Logo esse peito, o preferido dos amantes, o que comanda o parque do desejo e se torna logo expressivo, depois do começo do beijo bom. Valentim fugiu com uma mulher oxigenada igual naquele poema da Adélia. Com isso, num só gesto, descarnou meu verbo, tirou o motivo de tantos poemas. Esvaziou as orações principais e as subordinadas. Esvaziou a festa de querê-lo dentro de mim. Que merda!

86

Está sendo muito triste concluir que ele não me quer mais. A razão é foda, manda a conclusão na cara, assim, sem aviso. Põe a legenda em letras garrafais, a gente lê e vê que as letras quase tripudiam da gente: segura esta, dona Edite! Acho que ele sabe que alguma característica dele há de me ferir e esta verdade nos afastaria. Grilou, como bem disse Horizontina. Uma pena, eu queria viver com ele um grande amor. Agora espero outro príncipe. Do mesmo lugar de onde este chegou. Ele tem luz, sorriso luminoso, amor no peito e é trabalhador. Eu quero outro assim, meu senhor, igualzinho a Valentim, mas que goste realmente de mim.

87

    Surgiu, tal qual uma estrela quando cai a noite do colo da tarde. Brilhava. Gostou do meu suquinho de laranja lima? Vou fazer um fresquinho pra você, você vai ver! Iluminava o quarto. Dava mais brilho às alegorias de mão ao estandarte, ao esplendor. Conheci Luciano Huck, minha filha. Ele gosta que eu vá lá dançar no programa dele. Sabe quanto tempo que eu trabalho aqui no Hospital do Corpo Digno? 18 anos. Sabe quantos anos só nesse andar? 17. Ih, tem paciente que quer repetir a minha comida sem parar. E não pode, já tem a porçãozinha certa, tadinho, ô dó! A senhora me desculpe, não sabia que era a senhora que tinha feito o suco de pêra também. Como não sabia, falei mal dele na sua frente. Não chora não, tadinha, o suco de pêra é ruim mesmo. Tadinha, não chora não. Só por causa de mim, essa pobre Jorgina? Jorgina é pinga fogo, minha filha, nascida e criada em Realengo, já viu, né?

    Quem chorava era eu e Jorgina falava de tudo, tão potente da alegria de viver, que, não sei porque, me encantava, me emocionava, parecia até que eu tinha fumado alguma coisa. Sei lá. Ela entrou no quarto e eu não fiquei normal. Chorava porque eu estava ali diante de uma rainha do fogão com tanto amor à vida, aos pacientes, aos enfermos, com demasiado carinho, emanando tanta cura no preparo dos alimentos que todo mundo no quarto ficou bom também. Até quem não estava doente como eu. Embora Jorgina fosse uma estrela, embora brilhasse, ainda não era noite lá fora e a tarde pode confirmar as coisas que eu falo agora. Ah, chorei muito mesmo para ver se Deus me ajudava a não escrevê-la, só vivê-la. Pra ver se controlava meu ímpeto de inseri-la imediatamente aqui, neste meu atribulado Livro do avesso. Que linda, que luminosa, como exerça o seu jeito de ser com desenvoltura, sem medo, afirmativa, dona da vida num lugar em que tanto se luta para viver mas onde também ocorrem mortes. Jorgina, choro porque quero escrever você aqui. Porque não quero perder o que acontece no meu coração quando você existe. A senhora está chorando por quê? Porque eu podia ter te inventado. Mas não precisa me inventar não que eu já existo, chora não. Aí mesmo é que eu chorava.

  E Jorgina pronta assim para a literatura, como eu posso não imaginar que seja um presente pra mim que estou há dias aqui, órfã do mundo lá fora? Vim encontrar a minha fragilidade. Eu e minha fragilidade estamos passando um tempo num quarto em Copacabana. Não paro de chorar. Tô igual que nem a Josefine hoje que veio ler comigo para eu ficar boa e acabou chorando de se desmanchar. Veio me agradecer, porém eu é que sou grata à ela por experimentar do amor da nossa amizade durante a nossa vida. Ô, glória. É cada fortuna que gente é. O ser humano despreza porque não reconhece gente como fortuna.

  Assim que ficar boa, vou pro baile me reinaugurar. Fazer um teste ver se a doença afetou o meu rebolado. Eu já estava pensando nisso, mas quando Jorgina entrou no quarto desenrolando o seu samba enredo fez tanto sentido ter chamado de alegoria o soro e seus acessos e de esplendor aquela bomba que é uma televisãozinha dizendo tudo o que está acontecendo, se está entrando antibiótico, se está tudo batendo bem, que eu subitamente compreendi tudo. A realidade é tão ficcional que faz sua autora ficar pequenininha. Põe ela no lugar dela. Ditinha. É. Jorgina é uma estrela que trabalha reluzindo dentro do hospital. O suco de laranja lima dela é muito parecido com o céu de tão infinito que é o seu gosto bom. Ela faz pacto amoroso com a essência da fruta e a gente sente. É essa lição de Jorgina, para ela, onde estiver, é festa. Reina. Se eu não a escrevesse, sua festa teria menos alcance, seria para menos gente. Vem pro cordão da alegria, vem dançar com a gente!

88

Um dia, do nada, me convidaram para o casamento de duas sapatas maravilhosas lá no nordeste do Brasil. Aceitei, mas não pestanejei, liguei para Tarsila. Uma coisa que eu não disse é que Tarsila gosta de namorar com mulher. Com homem também. Mas prefere mulher. Ô, Tarsila, vamos comigo num casamento lesbos? Porque não quero ir de hétero. Ela topou. O povo, bobo, achou que éramos um casal. Nada, nosso amor é pura amizade iluminada. Tarsila é feliz, livre, inteligente, bonita e casada. O que eu mais gosto do meu pensamento é que numa hora dessa não tem nenhuma vizinha fofoqueira aqui, de tarde, falando mal da vida sexual dos outros. O bairro do meu pensamento é muito bom.

89

Muita coisa Maria Alice me ensinou. E uma das aulas mais incríveis que ela me deu foi de vozes. Ela imita naturalmente e muito bem qualquer voz. Em especial, à das vizinhas, das senhoras absurdas que habitam o subúrbio imaginário da nossa infância. É tão engraçado Maria Alice imitando. Por causa dela, as vozes de minha mãe e de minha avó bradando conselhos, repressões e filosofias de uma época jamais abandonaram o interior de nossas conversas. Ganharam eternidade. A voz fina de Tia Dália surtando e jogando o sutiã em cima do telhado com raiva porque achava que alguém tinha usado suas roupas íntimas escondido, as sofredoras crônicas que circundam o filme daquele tempo, tudo ganha impecável dramaticidade com retoques de excelente bom humor na interpretação de Maria Alice. Queria que Maria Alice morasse aqui do lado para eu poder dizer de noite: Hoje de tarde comi um bolo gostoso de chocolate que minha irmã tinha acabado de fazer. Mas ela não mora aqui nem eu lá. O que posso fazer? O jeito é trazer sua voz em mim. Sempre.

90

Aquele ladeirão, sol quente e eu resolvo subir até o cume do morro, na volta, eu de shortinho, roupa de malhar, cantarolando, acionando meus dotes de sonhar dentro da cabeça quando na terceira curva, descendo a íngreme ladeira, passei por um homem operário da construção civil que mexia massa de cimento numa reforma na mesma rua. Era eu, a tarde azul, ele mexendo a massa e o silêncio. Quem rompeu a sinfonia silente se destacando dos pios dos passarinhos foi o moço. Parou de mexer a massa, apoiou o cotovelo sobre o cabo da enxada e calmamente disparou falando alto para eu ouvir, embora consigo mesmo, e educadamente: minha mãe disse, *Calma, meu filho, paciência, espera que uma hora ela vai passar.* Aquilo era bonito, aquilo encheu meu peito, aquelas palavras me conduziram a sorrir para ele, como uma gratidão. O homem da obra me ofereceu uma rosa, um buquê, um lindo botão representado pelo pensamento alto dele. Fiquei toda boba por dentro querendo que o mundo tivesse aquela paz ali, daquela tarde.

91

 Olha lá o Tarcísio em Copacabana caminhando apressado. Mesmo atrasado anda de perna aberta. Acho que é para deixar lugar para o saco. Sempre que eu vejo um homem caminhando de perna aberta penso nisso. Bem, se ele gosta e combina com a sua natureza, o negócio não deve atrapalhar. Por que eu penso no pau e no saco dos outros? Deve ser empatia também. Pensar é mesmo uma liberdade. Ninguém tem nada com isso. E esse que chamei de Tarcísio nunca vi, nem sei se se chama assim. Inventei. Acho um nome bonito. Até essa hora, nessa tarde carioca, eu só tinha o nome. Faltava o personagem.

92

Mas o que pensam esses brasileiros desse mundo racista todo aí?! O que uma mulher é? O que é uma mulher negra? É uma pessoa que está caminhando para o seu trabalho e esse olhar dos outros sobre ela, esse olhar de quem está no mercado para escolher parecendo um açougue, já era pra ter mudado, se atualizado, não era mais para existir, eu, hein! Todo mundo gosta de ser desejado, mas ninguém quer ser tratado como um pedaço de carne ambulante, como um corpo disponível, à disposição de quem quiser usar, e hoje acordei sem paciência. Todo mundo quer ser tratado como gente. Que coisa! Gente racista tem esse mal costume! Herança escravagista. É gente que se acostumou a ir a leilão comprar gente.

93

    Quando Valentim falou a palavra "erigindo" eu devia ter cuspido na cara dele, batido, estapeado aquele peito cheiroso, dele, ferido aquela boca com uma mordida venenosa, devia ter mostrado uma figura bem feia pra ele. Por que ele faz assim? Por que fala bonito só pra mais me conquistar? Parece um diabo disfarçado de espírito de luz. Mas ali é tudo armadilha! É tudo truque, ele me corteja, me corteja, me corteja, me deixa doida, depois diz que é melhor a gente não avançar, é melhor não bulir com o perigo. O certo é que estou perdida na mão de Valentim. Como eu não ia bater nele nunca, só me resta escrever essa vontade aqui.

94

Agora que entendi porque o seu Arlindo e dona Chicória viveram tanto tempo juntos. Depois que ele morreu, ela me disse: Nunca amei Arlindo, mas preferi ficar com ele do que com a solidão. Seu Arlindo era grosso, dono da birosca onde a gente comprava bala na infância. Havia nele muita pinta de vilão: aquele nariz agudo pra baixo, os traços malignos e mesquinhos na sobrancelha... me lembro que ele batia na minha mão, meio fazendo uma espécie de terror quando a estendia para pegar um coelhinho recheado de chocolate que eu adorava comer na minha infância. Era um homem muito sem carinho com ela. Talvez nunca tenha dito: Hoje eu vou te comer todinha, Chicória, meu amor. Eu achava engraçado ter aquele nome na mulher e numa hortaliça, que até tinha na horta dela. Era uma mulher calada, que ia à missa três vezes no domingo. Achava aquilo estranho. E ele, aquele homem sentado na mesa, com as unhas sujas, esperando a comida, a calça de tergal vencida, a blusa amarela cor de gema de ovo, a mancha imensa no suvaco. Muitos casais se casam, até hoje, fugindo da solidão, querendo amparo, mas a solidão a dois é tão constrangedora! Fica muito esquisito dormir do lado de quem você não sente desejo, nem tem admiração ou então de gente de que você enjoou. (Ditinha, já tá você olhando dentro da casa dos outros, né? Se você gosta da sua solidão, se a sua companhia de si mesma te agrada, você não pode impor isso aos outros! Vem cá, vem cá, Ditinha, senta aqui que eu quero falar sério com você! O que é que você tem com o amor ou com o desamor dos outros? Responde, cadê você?) Nisso, eu já estava na porta dos fundos, saí correndo e vi logo a Vilma na cerca da casa perto da minha, fazendo um sinal pra mim com o vidro de esmalte da cor *"Deixa beijar"* na mão. De longe não dava para ler o nome, mas ela tinha me falado que era um vermelho de matar. "Deixa beijar"... que lindo, que lindo! E nessa fugi. A Voz deve ter ficado me esperando na cozinha, mas eu que não vou voltar mais lá! Vou arrumar um lugar seguro para falar mal da solidão a dois, que eu acho nada a ver.

95

Seis meses morando em Cabo Verde! Adoro viajar e gosto de ir aos lugares onde os negros são, em sua maioria, reitores, médicos, professores, engenheiros, políticos. Racista pode dar furo por aqui discriminando uma autoridade. Todo brasileiro deveria vir aqui treinar diversidades que ensinam. Se atrapalhar em gafes internacionais, ficar traumatizado e assim aprender com os enganos do pré conceito, já que no Brasil é essa pouca vergonha ainda. Ser racista é um erro de visão, um equívoco na hora de pegar a realidade com a mão. Nenhuma etnia é superior a outra ou inferior. Hoje vou tomar uma bebida chamada grogue. Viajar nos explica. A gente fala grogue no Brasil para dizer que está bêbado. E aqui é o nome da própria cachaça. As ex-colônias portuguesas melhoram a língua. Os filhos da língua melhoram a mãe.

96

Vai tomar no cu, filho da puta, seu viadinho, puta que pariu. Ih, me peguei falando esse desfiladeiro de palavrões no meio da rua. Era baixinho, mas fiquei com vergonha. Quem eu estava xingando? Ainda mais assim, com essa pegada preconceituosa. Cruz credo! Por que é que faço isso? Vai ver é algum pensamento feio meu que eu queria enxotar. Graças a Deus, diminuiu. Antigamente tinha mais. Geralmente é remorso que grita assim dentro da gente, atrapalhando o decorrer do dia. Fantasmas com a cara daquilo que a gente fez de errado, vergonha por conta do ser humano sempre aprontar por estar condenado ao erro. Vergonha de ser humano. Isso vem desde Adão, o pai dele rogou uma praga nele. Poxa vida, inventaram a culpa para poder vender perdão, porque sem pecado não tinha necessidade da salvação. E agora estou aqui, xingando no meio da rua, igual a uma desembestada, só por causa de um malfeito meu que nem lembro. Só por causa da severidade de Deus.

97

Ninguém acredita, mas senti que minha perna tremeu quando vi a louraça belzebu com ele na plateia. Muita gente. Uma multidão. Eu era mais uma querendo encontrá-lo pensando que seria a única. Fiquei por um segundo me sentindo sem rumo, sem graça, sem chão. Foi quando senti também umas mãos por trás na minha cintura. O toque quente, as mãos expressivas demais. Era Tornado! Ai, Tornado, Tornado, Tornado, homem pelo qual qualquer ser humano cairia. Quando o encontrei no passado, tinha acabado de se separar de Veronica Mendes. Uma cantora de jazz brasileira que viveu muito tempo na Itália com ele. Mergulhamos naquele amor retumbante mas aí nos distanciamos, pois, lá foi ele para uma orquestra filarmônica em Berlim. Valentim também é maestro. Os dois maestros ali diante de mim. Tornado me pegando pela cintura disse para o outro: Edite sempre foi linda e continua. Que espetáculo! Agora foi Valentim que ficou sem graça e mudo. Deu seu sorriso amarelo, bóia de salvação, e acenou que sim, meio constrangido, pensando se já não nos conhecíamos e, se a batuta de Tornado era maior do que a dele que havia passado anos regendo no Japão. Teve medo da maldosa fama japonesa. Grilou. Mas gostei da pegada de Tornado na minha cintura. Reconheço esse toque pelo tato e mais a quentura. O rei Tornado. O retornado.

98

Subindo a ladeira do morro da casa da minha tia, de manhã, calor, eu de shortinho, passo por uma construção. Tudo vibra. A moça do banco de carona da ambulância, sentada, pela janela, de óculos me disse sorridente: Tá fazendo o maior sucesso, olha quanta gente te olhando. Virei o rosto pra trás pra ver. Era mesmo. E tudo homem. Que beleza. Cada um numa posição na grande edificação entre andaimes, cimento, ferros. Eram uns nove, oito, todos olhando pra mim, menos um. Dava pra ouvir os pensamentos deles. O magrin, meio entalcoado de cal, e muito preto está semi paralisado com as laxotas (Laxotas? Por que você escreveu laxotas? Ficou doida?), digo, lajotas, sobre os braços finos e fortes delirava me olhando: Com essa eu casava, toda gostosinha, olha pra isso! Enquanto o outro, moreno, mistura de preto com índio, forte natural, todo definido pela verdadeira academia de pesos que este ofício é: Essa eu lambia toda e começava pelo pé! O outro, barrigudo mais pra gordo, parecia uma espécie de supervisor, sei lá, representante de um patrão, tinha cara de capataz urbano, o botão da camisa prestes a voar pela pressão da barriga: Ei que se essa morena fosse minha eu botava ela pra quicar aqui ó. Esse fazia a linha escroto mesmo. O outro era sarará, muito bonito, a pele morena, o cabelo de fogo Era longe mas dava pra poder supor o azul do olhar. Vai ver era do Maranhão, olhou-me com fome, esticando a cabeça pra conferir bem: A gente conhece quando uma mulher gosta da coisa, a mulher que gosta de dar mesmo, sabe? Com vontade? O outro baixinho, atarracado, cabelo com gel, impecável contrastando com aquela poeirada toda: A gente conhece. Isso é mulher fêmea. Há também um outro intrigante. Olhou-me uma vez e baixou os olhos, Estranhamente só tinha agora mirada para massa que mexia, mexia, mexia. Foi logo amaldiçoando meu shortinho beira cu: Tá amarrado, em nome de Jesus, shortinho do diabo! Não é que aquela Edite, filha de dona Dalva, sobrinha de Almira ficou uma mulher e tanto, hein?! ! Mas parou de comungar. Brigou com a igreja dizendo que descobriu que alguém comeu Maria, que não tinha nada de Espírito Santo nada. Enrola os pais. Diz que vai ver a tia mas está é subindo morro atrás de samba, de funk. Bagunça. Fiquei ouvindo as declarações, tudo que se passava na cabeça deles eu ouvia e fui embalando o pensamento encarando a ladeira, tranquila. Pensando que a "mão que afaga é a mesma que apedreja". Isso é conversa de Augusto dos Anjos que peguei emprestado pra cá. Escuto essas coisas que costumam se passar na cabeça dos machos machistas e ao mesmo tempo corpos legitimamente desejantes. Ai, tudo é tão relativo. O ser humano pensa demais. Quando entra a opressão o amor é que dói. Mas fora isso, trepar é normal. É normal querer. É manhã nova, estou à vontade. Respiro vento limpo, o sol há muito se ampliou sobre a comunidade. Arde em calor e alegria a favela. Rebolo gostoso. Também sou dela.

99

Cega outra vez da ilusão, dou voltas ao redor de uma dor que conheço. Já caí muito da mesma altura e sei que pode ser pior.

100

É a segunda vez que Otelo fica miando à minha volta como se quisesse outra coisa, não aquela ração que eu compro sempre. Otelo mia querendo o tradicional: um rato, um pássaro. Eusébio também late querendo osso, resto de comida humana. Ai, meu Deus, o que estamos fazendo? Espalhando a doença dos homens para os animais? Nós, os predadores. Nós, os que vestimos os bichos com sainhas, camisas. Os que os ornamos com colares, brasões em coleiras, e até brincos na cachorrinha, que eu já vi, com esmalte nas unhas e tudo, que a Tuli me disse. Cruz credo. Alguém salva a humanidade, por favor? Nenhum Deus vê que estamos doentes? Socorro, deu errado. Parem o filme. Nós, os que vestimos os outros animais com camisa de time, nós, os humanos que cortamos o rabo do bicho pra ele ficar mais bonito e a gente mostrar rindo para os outros a marca da tortura. Tristeza. Queria ver se alguém ia achar bonito que uma tribo gigante ou um bando de etês cortasse a nossa bunda, porque acham que assim fica esteticamente melhor. Queria ver.

101

Leroy saiu da minha vida assim, num átimo. Queria continuar sendo dele. Mas quando um não quer dois não ficam. É ruim ser rejeitado. É um acinte para a vaidade, uma afronta ao ego que acredita piamente que deve ser algum grande equívoco, afinal sou o que de melhor há no mercado emocional, na rede dos amores. O que é que há? Quem é o outro para não me querer? Como ousa?

102

Com todo o respeito aos cirurgiões plásticos, e, às pessoas que dessa medicina se utilizam, tenho conhecido uns monstros e estou ficando com medo. Ontem, numa festa chique dei de cara com uma monstra. A testa esticadíssima, piscava o olho com dificuldade, a boca como que mordida de abelha. As bochechas estranhas, proeminentes, como se houvesse um líquido dentro delas. Umas têm um fio de ouro que passa subterrâneo sob a pele e dá nervoso quando compomos o desenho do que vemos. Uma foi contar que a mãe recém tinha morrido, e em vez de franzir a testa para chorar, o que enrugou foi o nariz. Esquisito. Aquele rosto que nem dá mais para ver a emoção de costas, partindo com a velha mala. Já foi. (Bate na boca Edite, quem que sabe o dia de amanhã? Cada um sabe de si e quem tá de fora não consegue julgar). E o que você sabe sobre isso, Dona Voz? (Hum, se eu que estou aqui dentro não sou ouvida, respeitada, considerada. Então, por que, você, que está do lado de fora da vida dos outros, vai ter algum poder?) Ah é, e o seu problema é o que? Se meter na minha vida? Se meter no meio do meu pensamento? Me deixa. Posso continuar?

Dá nervoso ver aquele peito que não se mexe, parecendo uma bola, aquela barriga negativa demais, deformando o desenho do umbigo. Tudo isso me deixa em muito desconforto existencial tendo que respeitar aquilo e ser discreta. O pior é que não consigo! Meus olhos só querem ficar olhando pra lá, para o lugar do reparo, da emenda. Chato pra mim. Não consigo me deter. Não sei porque sou assim, o olho vai pra lá sozinho. Parece que puxa! E tem mais, olho uma coisa no outro, e sinto em mim. E aí dói. Outras plásticas não, não doem em meu rosto. Talvez eu nem as tenha percebido. E deve ser assim que é o certo. Um ser é espelho do outro. E é com isso que a imagem beija ou fere.

103

Botei a panela de pressão no fogo com feijão mulatinho misturado ao feijão preto, acrescentei dentro carne seca com linguiça. Algumas folhas de louro para completar a macumba culinária, e fui pro jardim plantar. Preencho a terra nos vasos, tem muito vaso faltando terra que a água leva. A gente vai aguando todo dia e a terra escorrega, se vai com a água que pinga da planta e some nos ralos dos jardins suspensos como o meu. (Ai Edite, tudo você acha que é mais do que é?! Plantar não tem esse pensamento todo não, gente.) Pior que tem sim, eu sei que tem. Mas o jardim está é lindo e hidratado para o verão, forte, resistente ao sol causticante. Migrei uns tapetes, planta linda verde e vinho, para outros lugares. Pois é a maior planta daqui, estava repleto de mudas pedindo circulação, oferecendo-se em novas raízes. Feito. É pai de mais quatro vasos. Essa planta é também conhecida como manto de Oxalá. Não sei porque se chama assim, e também sei. É linda, frondosa, macia e com relevos. Se espalha e cobre tudo. Também podemos ver daqui essa roseirinha branca, que bonitinha, parece uma mocinha, com vestidinho branco, linda, linda, linda, linda. É muito comovente uma rosa branca! É quase um pedido. Os buganviles seguem fazendo seus arcos, suas curvas góticas estão ali, entre o maravilha das cores de suas pétalas folhas. São muito modernas as pétalas dos buganviles. Meus pés estão sujos. Gosto daquela terra em minhas unhas, me dobro, encaixo com cuidado o corpo entre a touceira do Lírio do brejo que não para de abrir flor exalando perfume pra todo lado, e, o pé de Boldo que parece estar com firmes intenções de alcançar o céu. Pra ele não é pé de Boldo nada, pra ele, ele é rei. Um rei de um país gigante. Estou mimetizada aqui. Mixada à melodia clorofílica destas folhagens entre flores. As mãos ágeis. Os instrumentos de jardinagem à mão. Remédios para pulgões. Pragas correm assustadas com medo de minhas luvas. Correições de formigas corta folhas disfarçam e mudam na última hora o rumo da tropa. Da terra barrenta e esturricada num vaso que toma muito sol não tenho pena. Vim trazer saúde. Afofo-a, renovo-a, cheirosa terra que um dia também me cobrirá. Dá medo, mas eu não vou sentir nada. Vou tá morta, ainda bem, Graças a Deus. Nessa situação é conveniente não respirar. Apita a panela de pressão como se me chamasse. Me tirasse da viagem ao planeta do meu jardim. A câmera vê como meu pé apressado pisa rente ao espinho caído da roseira em posição ideal para furar seriamente meu pé. Escapo. Não vejo. Nem sei do perigo. Nesse ínterim, o feijão já está cozido e penso como é que eu faria se Valentim me aparecesse aqui agora, sem aviso. Laroyê, será que eu tô cheirando a carne seca? Peço para Exu entrar na causa. Meu Deus, Valentim ia me pegar assim? No meio da cozinha? Desnorteada? O chão da cozinha está sujo... caíram umas folhas de hortelã e espinafre sob o piso branco, na hora da pressa no trajeto entre a geladeira, a pia e o fogão. Valentim, espera!? Não chega agora não que eu tô feia, a manicure só vem de tarde e as unhas das mãos estão que tão. Parecem um latifúndio de tanta terra, apesar das luvas. Mas se ele chegasse eu ia disfarçar. Ao sobressalto que a campainha da porta provocaria, jogaria baldes de água no chão e espuma, e quando ele chegasse ia pedir a ele a mão como se eu tivesse caindo: Me segura, Valentim, não me solta não. Feito. Tudo mentira. Eu ia era dançar com ele no sabão, no salão. Nosso clube.

104

Muito mais tarde, Josefine me encontrou e disse, chorando de emoção de verdade:

– Ô, Dite, você me desculpe do que falei no passado de você ser culpada dos homens mexerem com você na rua. Desculpa mesmo. A gente cresce e continua ignorante de coisas que a gente ainda não sabe, sabe? Acabei de aprender que você não é culpada de nada. Eu era machista e não sabia, Dite, me perdoa. Não sabia que mulher podia ser machista também. Fiquei boba! Como é que pode a gente ser contra nós sem notar?! O negócio é independente pode pegar em todo mundo. Seu pai que falava, lembra, Dite? Que machismo, fascismo, compõem o demônio do mundo.

Fiquei olhando para Josefine. Ela é boa. Até quando ela é ruim ela é boa. Uma vez quando brigamos por culpa minha, marcamos uma conversa num restaurante. Eu, ela e o silêncio. Até que tira uma carteira branca, bonita, da bolsa e diz:

– Olha que linda, comprei uma verde para você também, mas não vou te dar hoje não. Cê não tá merecendo.

E segurou o riso tentando sustentar a cara feia, mas não teve jeito. O anjo dela forcejava a porta da expressão oculta atrás do rosto, e ria pra mim.

105

Doutor Dante é uma graça. Dante Zanine Penteado, sempre foi bonito. Calmo. De uma segurança leve. É meu amigo acima de tudo, um amor na minha vida. É médico de tudo. Me atende nas emergências: Doutor Dante, estou aqui na praia e tem um casal na minha frente que não brinca com os filhos! Tem mais de duas horas, os meninos entregues à babá negra, vestida de jaleco branco naquele sol, de uniforme na praia. Ai Dante, estou com tanta vontade de me meter. O que o senhor acha? Telefonei para ver se você consegue me deter, Dante, por favor. Não me abandone, doutor Penteado. A sorte é que ele me deu razão e me autorizou. Disse que nesse caso é mesmo para eu agir. Recomendável. Adoro ele, além de médico ele é bom fotógrafo e pensador. Um dia, na adolescência quando a mãe dele foi jogar uma imagem de Nossa Senhora da Conceição em cima dele, porque o acusava de estar fumando escondido, para a surpresa de todos, não é que caíram três cigarros de dentro da santa? Estavam guardados no oco da estátua. Guardo essa memória dele como se fosse memória minha. Quando nos conhecemos, me deu uma pulseira de ouro de presente que achou na praia. Parecia coisa de Yemanjá, nem sabia que um dia ele me daria outro presente que não tem preço, vale mais do que infinito. A pulseira era só uma metáfora do que viria. Ó vida, ó vida, cartas espalhadas na mesa de jogo sobre a toalha bordada num desenho de dupla face!

106

Uma das maiores provações da minha vida foi aquela quinta-feira. Tive que dar uma palestra sobre receitas sustentáveis só para dona de casa e gente interessada em culinária econômica de boa qualidade. Valentim passou um monte de tempo sem me ver e ainda não me aparece lá, com aquela mulher de plástico? Ah, não! Só vi quando entrei no palco do auditório da igreja, o único lugar que acharam aqui no bairro para a gente fazer e reunir todo mundo. Fiquei com a vista turva quando a vi ao lado dele, de mãos dadas e tudo. Que raiva! De lá eu via a mão do Valentim segurando a dela sem vontade, meio sem graça e ao mesmo tempo queria me mostrar que tudo que não aconteceu entre nós foi mesmo em vão. Fui dar uma receita de uma torta salgada, sem glúten, querendo afastar esses pensamentos da cabeça e me concentrar no assunto da situação. Tava difícil. Só de falar na palavra cebola, comecei a chorar! Doía muito meu coração pela perda do amor que não vivemos. Que nem chegou a ser. E, no palco que tem no fundo do meu pensamento, vi a Voz dançando Djavan e cantando ("O que há dentro do meu coração eu tenho guardado pra te dar... Um amor puro, não sabe a força que tem..."). Minha vontade era de largar tudo e ir lá também cantar com a Voz. Cadê coragem? Cadê força? (Esse Djavan te persegue, hein? Todo amor seu tem um Djavan por perto tocando. Eu que tô aqui, vejo. Escuto). Você quer me dar licença? Tem muita gente aqui e estou dando palestra. Sabe o que é isso? Palestra? Bem, com o pensamento daquele jeito, fiquei ali sofrendo só da promessa do que poderia ter sido. Aí, quando fui explicar a parte dos ovos que são a "massa" do prato, são eles que dão a estrutura, que não se usa farinha, de repente parecia que meu corpo saía de mim, eu ia lá em frente aos dois e enchiiiiiaa a cara dele de tapa. Isso mesmo, como se fosse batendo uma clara em neve, não com força, mas sem parar. Valentim é branco, vocês não conhecem, mas acreditem, dá pra comparar com clara em neve sim. Voltei pro corpo da palestrante expliquei como se pode transformar o resto de uma moqueca de ontem ou de uma carne moída, em recheio de um grande prato amanhã. Falei de fazer suco de manga com a casca, batendo bem e coando depois, o gosto fica mais perfumoso. Fui me distraindo com a criatividade da culinária e seus segredos. O óbvio que não tem fim. As infinitas misturas. Sempre haverá um condimento, uma mistura, um gosto que nunca se fez. Mas aí, exatamente na hora em que fui dar a receita do suspiro, ela beijou ele, com aquela boca esquisita, parecendo que uma abelha mordeu. Não entendo. Tanta gente fala mal dos lábios carnudos das negras, chamando de beiço pejorativamente, e aí, quando as brancas fazem um negócio pra ficar com os lábios das negras, ninguém chama mais de beiço!

Todo o resto da palestra fiz com raiva de mim por ainda querer ser o pão e a comida dele. Filho da puta. Cortejador. Irresponsável. Valentim foi a maior ilusão da minha vida. Não pela grandeza, mas pela rapidez com a qual se impregnou sobre o nada. É isso. Se me perguntarem o que há entre mim e Valentim é isso que há para dizer: Nada. Vou nadando no meu rio. Por falar nisso, apesar da presença de Valentim com a Belzebu, o pessoal gostou da palestra à beça.

107

Não sei porque, veio de novo na minha cabeça, do nada a memória do dia em que fui infiel com Vitor. Eu hein. Será que ele está pensando em mim? Fui infiel sim, sem pena. Bem feito. Pensei: tenho o direito de chifrar até o cu fazer bico, não tenho? (Mas que boca, hein, Ditinha? Não sei como uma menina criada em colégio de freiras pode falar tanta porcaria assim! Não adiantou nada!). Por que é que é porcaria? Perguntei pra Voz. Cu é porcaria? Ela ficou muda. Logo depois me lembrei que voz não tem cu. Ficou sem resposta.

Pois botei chifre sim em Vitor! Ele merece! Castiguei ele porque me beijou, tocou Djavan pra mim, espalhou várias pistas para me atrair no caminho, posicionou guloseimas atrativas pelos cantinhos, e ainda fez uma cama de palavras que acabaram virando abismo de beijo. Lindo. Mas, na hora agá mesmo, cadê que Vitor ficou para passar a noite comigo, dentro da casa, dentro de mim? Por isso que digo: Bem feito! E você, Dona Voz, cala a boca, porque não falo com quem não tem cu.

108

Descobri que tenho abraçado apressada! Que coisa! É real o ato mas tem sido rápido. Os abraços variam de acordo com saudade, qualidade de afeto, distância, sentimento, intimidade etc. Variam, mas também podem ser só burocráticos. Mamãe Oxum das cachoeiras, logo eu...? Descobri que tenho abraçado apressada, e só descobri ontem quando um amigo, Fafael, me deteve. Primeiro ele disse "que saudade" e em seguida nos abraçamos. Por três vezes eu quis sair daqueles braços e ele não deixou, porque o abraço dele não tinha acabado. Ponto. Nem o meu. Eu que já tinha saído sem notar, não sei por quê. Por que se sai cedo dos abraços? (Opa, peraí, mas um abraço é uma coisa que precisa de quatro braços para existir e, deve haver uma matemática que calcule o tempo considerando todos os fatores acima. Segundo os meus conhecimentos, isso daria a média do tempo de cada abraço para cada um donde tiraríamos um máximo divisor comum e chegaríamos ao resultado. Deve haver sim, a aritmética consegue. Uma coisa que é amiga da música consegue tudo.) Ô, meu Deus, pra onde vou? Pra onde vamos? Por que insistir nesses cálculos absurdos, todo mundo sabe que não sou boa em matemática e, se não sou, como é que a Voz pode ser? Êpa, quem falou, quem falou? Uma voz pergunta na minha cabeça quem falou o que acabei de ouvir.

Gente, que confusão, não se pode dar nem uma saidinha? Só fui ali no assoalho do meu pensamento meditar sobre os abraços e quase caí do meu céu! Meu pensamento é de cabeça para baixo. Ainda bem que ninguém ouve, ninguém vê as mancadas do meu pensamento aqui dentro. Ontem mesmo ele foi pregar uma ideia no painel e machucou o dedo com o prego. Feriu mesmo. Magoou. Ficou roxo. Sangue magoado. E olha que meu pensamento é bom de pregar ideias por aí, mas também pode ser desastrado, não olhar direito pra onde está pregando.

O certo é que meu amigo Fafael me ensinou com seu abraço demorado e eloquente, que a nossa saudade merecia um tempo maior de abraço pra se cumprir direito. Enquanto falo essas coisas, daqui, de dentro do meu estúdio, vejo pela janela da alma, ali na esquina, Zequinha abraçando Tião velho, dando dois tapões nas costas. Ouvi o barulho, estalou duplo: Porra, que saudade da porra, seu filho da puta!

Ainda bem que não sou homem, nem conheço Zequinha ou Tião velho.

E graças a Deus que sou amiga de Fafael.

109

Vitor curte me enfraquecer pela inteligência, gosta de palavras e sabe que sou fraca para palavra bonita e que me agrada brincar com elas. Não me quer inteira, embora me atraia com trocadilhos assim: Você que está certa? O que é que eu tenho que falar então? Me dite, Dite! Medite, mulher!

Ah, meu Deus, fico doida. Um trocadilhinho desse pra mim é pipoca quentinha oferecida à minha boca, dentro do escurinho do cinema.

110

Neste treze de fevereiro percebo, caminhando pela manhã, um vento que é uma espécie de trailer do que será o outono. Eu sei que esse vento que soprou agora é de outono, pertence a outono. É dedo de outono e veio me visitar! Gostei. Estou querendo abrigos, almejando ventos que me circundem. O coração frágil, frágil, redoma de cristal cheia de amor dentro. Amor por quem? Por Vitor? Lírio? Valentim? Nada. É amor, ele mesmo. Em estado puro. Amor que já se tem dentro, germinado e que, como num filme de animação, instantaneamente dobra de tamanho, triplica, cresce quando conhecemos alguém que a gente acha que quer e que tem certeza que estava procurando. Um olhar de terra à vista, logo finca uma bandeira na terra chegada. O país do amor, para onde não cessamos de viajar e de partir. Ai, ai... Hoje olhei pra Valentim dentro do circo, a lona colorida, o acrobata correndo perigo, e eu olhando para Valentim, achando ele feio, querendo separar a verdade que ele é, do olho da minha ilusão. Ela sempre enfeita demais meus objetos. Me confunde. A pior coisa é ter uma ilusão decoradora demais e boa de arquitetura. A minha é assim, dessa qualidade. Ô, meu pai Xangô, sou um ser humano num canto, quieto, confessando meus pensamentos sem saber no que vai dar. Meu coração está de mal-estar. Dói. Com ele caminhei nesta manhã e escuto o barulho do vento que toca meu peito e sacode a vidraça deste coração sonhador. Mas, ê bicho bobo! De quando em quando, vem um lobo e leva ele no bico. Agora, meu papel é atravessar o parque da solidão esquecendo Valentim, estando muito perto dele. As circunstâncias de trabalho me levaram a ter que encontrar várias vezes o amor que quero esquecer. É mole? Êh mundo: clarezas, surpresas, roteiros, certezas e imprecisões. Espero o outono beijar a minha janela. Ele conhece quem o espera. Sou namorada dessa estação.

111

Nagô parece um rei raríssimo: chiquérrimo, preto, lindo, lindo, lindo! Estar diante dele é como estar diante de uma nação, de um povo, de uma língua. Conheci num dia em que tocava uma orquestra de samba e jazz chamada Orquídea negra. Tirei ele para dançar. Na quinta música, sem nada a falar, beijou meu rosto demorado no fim da dança e disse: adoro sua palavra, adoro investigar palavra e agora quero te investigar.

Você acredita que eu me arrepiei toda? (Novidade, você é namoradeira demais, Edite, não nota isso não?). O que que é ser namoradeira demais? É até quanto que se pode ser namoradeira? A partir de quantos que é demais? E o homem? É até quanto que pode? A partir de quantos amores é considerado demais? Quero saber! Que saco! É muita perseguição para a mulher! A Voz ficou muda. Sabe o que eu acho Voz? É que você não deveria me julgar porque nessa você está comigo até o pescoço! Sem contar que é mulher também. A Voz aquietou. Parece que a resposta bateu. Calou lá no fundo. Gosto mesmo de namorar, o que é que tem? É errado isso? Onde que amor é errado, gente? Me diz? Prefiro sair na rua e ver um monte de amantes se beijando do que várias pessoas atirando. Quem não prefere? Qual o problema? Namoradeira nunca devia ser xingamento, só elogio. Uma dádiva que a vida nos dá. Quantas oportunidades de encontro! Que beleza! 50% de possibilidades de encontrar alguém e 50% de possibilidades de não encontrar. É justo. Meio a meio. Jogo que se perde e se ganha a vida inteira. Todo mundo ficou olhando para

Nagô. Minhas amigas, todo mundo. Que lindo, Edite! Que gato! E como fala, e como entende de política, de filosofia, que lindo o sorriso, que gostosura! Minha amiga falava quase babando! Entendo ela. Entendo todo mundo. Até a pobre da minha voz oculta. Ela é feita de coisas que escutei, filha de fragmentos do super ego, sobrevivente de minhas revoluções, herdeira do que me restou, de tudo que ouvi e queria me reprimir (Mas Ditinha, minha querida, minha menina, não estou te julgando, criatura, longe de mim. Também te admiro, sabia?!). Nem vem. Agora quer me agradar. A verdade tem poder. Assim como o amor.

    Não sou namoradeira por nada não. Tenho motivos. É por humildade, é por não arrogância, é por obediência que sigo os caminhos do amor. Sempre dou chances pra ele. Já dei muitas e vou dar mais. E eu lá sou boba de querer brigar com quem é maior do que eu?

112

 Pedro Arcanjo falou pra mim: tu já reparou, Ditinha, que dessa sua cabeça imprevisível pode sair qualquer coisa? Qualquer coisa não, protestei olhando pra ele. (Ele quis dizer surpreendente, garota! Você parece que está sempre pronta para brigar!! Calma! Tá te faltando serenidade.) Olha quem fala, a intrometida número 1. Tem gente lendo a gente, hein? Você está pensando que estou sozinha? (Eu? Não tô nem aí!). Pedro Arcanjo me perguntou se estou falando sozinha. Fiquei sem graça e disfarcei dizendo que tinha lembrado de alguma coisa. Lembrado alto. Não sei porque sou assim, tudo pode vir na minha cabeça. Até o que não quero. Fico controlando senão meu pensamento vira um rio doido, sem margem. E, sem margem alguma, água tem direção? Pedro Arcanjo falou que se sentia como se tivesse atrapalhando minha conversa com alguém, que não conseguia me compreender. Que gostava de trabalhar comigo mas não me compreendia direito. E que a mulher dele também não. Que ela tinha falado pra ele que eu parecia mais de uma pessoa às vezes. Mas não é nada de mulher de duas caras não. É só uma pessoa com muita coisa na cabeça, a gente acha, sabe Ditinha? Aí eu falei: para de falar besteira, meu amigo, eu sou igual a todo mundo aqui dentro. Dentro das pessoas você acha que é o que? Tem gente que é um tumulto só, que eu sei! Gente que vive atormentada, de viver no armário, de querer o impossível, de uma angústia que não passa, e sem contar gente, muita gente que é Ruth e Raquel, igual naquela novela, sabe?

Hoje em dia tem tanto homem que é bipolar. Você não acha, Pedro Arcanjo? Será que é porque o homem não tá aguentando ser homem sem mandar na mulher, mandar na gente? Vai ver é o fim do machismo e o homem, coitado, não está segurando a barra. Mas crescer é assim mesmo. Dói. É para melhor. Melhor para civilização. Mas o que eu queria dizer é que dentro da gente é um lugar em que não deveria haver nenhuma opressão. É tipo uma oficina geradora de ideias e observações, uma coisa que não para de trabalhar. Nunca.

– (E se o pessoal não entender? Aí a senhora vai ficar reclamando, né? No meu ouvido, né?)

– Hum, não tô nem aí! Sabe qual é o nome do meu bloco?

– (Não. O "Bloco da Falta do que Fazer"?)

– Não.

– (Qual?)

– Eu vou sair, meu bem, minha querida Voz, no "Bloco Quem quiser que me Edite!" Você vem?

113

Quando eu era pequena, minha avó vivia conferindo os avessos dos panos que bordávamos para ver como era o outro lado da coisa. Eu sempre escondia os avessos dos meus bordados porque achava que lá se podia fazer bagunça à vontade. O avesso era meu. E era avesso pra isso. Os da minha avó não. Nem os da minha mãe. Eram avessos que se confundiam com o lado direito. Aquilo me provocava uma inveja mirim. Uma inveja sem força pra fazer mal a ninguém, mas também não era capaz de mudar de atitude e passar a caprichar no lado de trás das coisas.

O avesso é o camarim da vida, hoje entendo. É o lado de dentro da gente. O interior dos meus cadernos que ainda não passei a limpo, os meus garranchos, os nós das pontinhas das linhas, minha roupa de baixo, meu pensamento íntimo.

Como terei coragem de mostrar este avesso, se ele não puder ser confundido com o lado direito do pano?

FIM?

Livros de Elisa Lucinda

A Lua que menstrua. Produção independente. 1992.
Sósia dos sonhos. Produção independente. 1994.
O Semelhante. Rio de Janeiro: Record, 1999.
Euteamo e suas estreias. Rio de Janeiro: Record, 1999.

Coleção Amigo Oculto (infantojuvenil):
O órfão famoso. Rio de Janeiro: Record, 2002.
Lili, a rainha das escolhas. Rio de Janeiro: Record, 2002.
O menino inesperado. Rio de Janeiro: Record, 2002.
A menina transparente. Rio de Janeiro: Record, 2010.
(Prêmio altamente recomendável, da Fundação Nacional do Livro Infantil e juvenil – FNLIJ.)
A dona da festa. Rio de Janeiro: Record, 2011.

50 Poemas Escolhidos pelo Autor. Rio de Janeiro: Edições Galo Branco, 2004.
Contos de Vista. São Paulo: Global, 2005. (Primeiro livro de contos da autora).
A fúria da Beleza. Rio de Janeiro: Record, 2006.
A poesia do encontro. Com Rubem Alves. São Paulo: Papirus, 2008.
Parem de falar mal da rotina. Rio de Janeiro: Leya, 2010.
Fernando Pessoa, o Cavaleiro de Nada. Rio de Janeiro: Record, 2014.
Vozes Guardadas. Rio de Janeiro: Record, 2016.

Malê Editora e Produtora Cultural Ltda.
www.editoramale.com
contato@editoramale.com.br

Esta obra foi composta em Arno Pro Light (miolo),
impressa na OPTAGRAF sobre papel pólen bold 90g,
para a Editora Malê, em agosto de 2023